Von Gerhard Zwerenz
ist als Goldmann Taschenbuch außerdem erschienen:

Die Quadriga des Mischa Wolf (3652)
Die schrecklichen Folgen der Legende,
ein Liebhaber gewesen zu sein (3674)

Gerhard Zwerenz

Die Ehe der Maria Braun

Roman

Nach einem Film
von Rainer Werner Fassbinder
mit Hanna Schygulla

Originalausgabe

Wilhelm Goldmann Verlag

Bildnachweis:
Alle Fotos mit freundlicher Genehmigung
der United Artists, Frankfurt/Main

Made in Germany · 5/79 · 1. Auflage · 1.–15. Tsd.

Umschlagentwurf: Creativ Shop A. + A. Bachmann, München
Umschlagfoto: United Artists Corp.
Satz: IBV Lichtsatz KG, Berlin · Druck: Presse-Druck Augsburg
Verlagsnummer: 3841
Lektorat: Hans-Ulrich Göhler · Herstellung: Lothar Hofmann
ISBN 3-442-03841-3

Erstes Kapitel:

Die Hochzeit und eine Hoffnung

All das war nun die Liebe, daß man Dinge tun durfte, die vorher verboten und undenkbar waren oder heimlich geschahen. Nicht nur die Berührungen, auch sonst hatte sich alles geändert. Man gehörte der Welt der anderen an, der Erwachsenen, als hätte sich tatsächlich von einer Stunde zur anderen etwas verwandelt, als wäre man um Jahre gereift. Sie mußte heimlich lächeln, denn sie wußte genau, an ihren sechzehn Jahren hatte sich nichts, gar nichts geändert, die waren ihr geblieben und würden nur so langsam wie bisher Tag um Tag mehr, und dann würde sie siebzehn und achtzehn und neunzehn und zwanzig, und, das war sonnenklar, ihr ging's gut immerdar, denn sie war ein Glückskind und Sonnenwesen.

»Na, Mama, wirst wohl gar nicht fertig werden bis halb elf?«

Die Mutter fuhr mit der Hand durch die Luft. Eine typische Mama-Bewegung. Ungeduld und Widerspruch.

Maria lächelte. Gewiß war das nun von heute an die Liebe, die sich nicht zu verbergen brauchte. Aber Maria gehörte nicht zu denen, die aus lauter Angst vor der verbotenen Liebe starr gewesen waren. Da hatte Mama noch so viel reden und warnen und mit der linken Hand durch die Luft hauen können. Menschen gibt es, die lassen sich nicht an- und abstellen wie eine Maschine. Maria war ein starker Mensch. Ein Mensch von einem starken Stamm, wie Cousin Bernd Widermeyer neidisch feststellte. Sollten sie ihre Stärke nur spüren. Ducken und klein beigeben und sich verleugnen hatte noch nie zu ihren Eigenschaften gehört. Wenn Mama schalt und schimpfte und das elende Schicksal schwangerer Mädchen beklagte, hatte Maria nur ein Lächeln dafür übrig. Ihr konnte so was nicht passieren.

Was konnte ihr überhaupt passieren?

Nichts.

Damals, als sie sich, mit knapp vierzehn, Hals über Kopf in den schmächtigen Herbert, den Aushilfslehrer im Sportunterricht, verknallt hatte, waren ihr alle mit Anklagen gekommen, mit Verboten und, was die Mutter anging, den üblichen Püffen und Schlägen.

Was tat's. Wenn es mit dieser Liebe nicht vorangegangen war, so lag das nur an dem Feigling Herbert, der sich am Tag darauf an eine andere Schule hatte versetzen lassen.

Na schön, sie war noch keine vierzehn gewesen und hatte als Kind gegolten, er wäre in Schwierigkeiten geraten, ein Lehrer mit einem Kind in engen Beziehungen, darauf standen schwere Strafen, Zuchthaus stand darauf. Wäre es aber wirklich Liebe gewesen, hätte das kein Hindernis sein dürfen.

Wahre Liebe geht auch durchs Zuchthaus.

»Woran denkst du?« fragte Mama. Nach einem langen Blick setzte sie hinzu: »Jetzt träumst du wieder, was?«

Die Mutter, das arme und schwergeprüfte Wesen, niemand war wohl über den heutigen Termin um halb elf auf dem Standesamt so froh wie sie. Von halb elf an brauchte sie nicht mehr die Wächterin und Aufpasserin zu spielen. Das hatte an ihren Nerven gezerrt. War auch nicht die Rolle gewesen, die ihr besonders gut lag. Mama gehörte zu den Frauen, die lieber die Pferde durchgehen ließen, als sie zu zügeln, obwohl es Maria manchmal geschienen hatte, als zeige sich in den Drohungen und Beschimpfungen, die Mama ihr reichlich hatte angedeihen lassen, etwas Fremdes und schwer Verständliches mit an, eine Art sonderbarer Befriedigung.

Damals, wegen Herbert, als Mama sie gepackt und ihr die Stirn auf den Küchentisch geschlagen und sie wütend ausgefragt hatte, da war Maria dieser Ton oder Unterton aufgefallen.

»Hast du was gehabt mit dem Turner?«

Die Frage war mit einem Stoß gegen die Tischplatte eingeleitet und mit einem zweiten Stoß beendet worden.

Ihr, Maria, war es vorgekommen, als warte Mama mit Gier und nicht nur mit Neugier auf ihre Antwort.

Vielleicht klang Neid aus Mamas Stimme.

»Hast du was gehabt mit dem Turner?«

Vielleicht hätte die Mutter selbst gern was gehabt mit ihm.

Aber nein, er war viel zu jung und schmal für Mama. Die Männer, die Mama liebte, sahen anders aus. Mama hing sich an die Vatertypen. Ältere Herren, schwergewichtige Leiber, große, volle Gesichter mit ruhigen, runden Augen.

Mamas Liebhaber traten sicher und fest auf; so einen hörte man schon von weitem und wußte: Jetzt ist er da.

Die Mutter war auch viel zu umfänglich und wuchtig für ein Kerlchen wie Herbert. Sie hätte die Sportlehrer-Aushilfe förmlich unter sich begraben. Lachhaft, sich das vorzustellen. So was gab's gar nicht.

Und dennoch, Mama hatte eifersüchtig reagiert. Na, hätte sie sich doch das Sportlehrerchen unter den Nagel gerissen, damals, vor ein, nein zwei Jahren, als der Krieg eben begonnen hatte und die Lehrer einrückten und die Aushilfen nachrückten. Einfach zum Kringeln, so was wie den schmächtigen Herbert als Sportlehrer anzubieten. Obwohl, Maria besann sich, ein Schwächling war er nicht gewesen.

»Hast du vergessen – halb elf ist deine Hochzeit!« schrillte Mamas Stimme.

Ob sie wohl früher, in jüngeren Jahren, eine andere Stimme gehabt hatte? Eine sanftere, leisere, zärtliche?

Vermutlich nicht.

Für Maria war Mamas Stimme ein Alarmzeichen. Es war immer so gewesen, obwohl es ihr erst an einem bestimmten Tag bewußt geworden war.

Ein Herbstabend. Sie hatte es sich nicht klargemacht, daß der Sommer vorbei war. Auch nicht daran gedacht, daß so was wichtig sein könnte und man es wissen mußte.

Die Bäume waren anders geworden. Natürlich, das lag an dem vergilbenden, sich rötlich und braun einfärbenden Laub. Der Schritt auf der Straße raschelte in den abgefallenen Blättern. Es wurde früh dunkel. In der Straße wohnten die Jungs, die darauf aus waren, nachzufühlen, ob die Brüste der Mädchen wuchsen.

Zu hellen Tageszeiten hätte Maria sich das nicht gefallen lassen. Es gab Dinge, die gab es nicht, weil es sie nicht geben durfte. Es gab auch Dinge, die kannte man gar nicht, und wenn man sie nicht kannte, dann gab es sie auch nicht, und wenn jemand wollte, daß es sie gab, dann gab es sie trotzdem nicht, denn ein Mädchen machte bei solchen Sachen nicht mit.

Es war Herbst geworden, und es wurde viel früher dunkel, und als die Jungs ihr unter die Jacke griffen und die Bluse aufknöpften, da war es so dunkel ringsum, daß man es schon geschehen lassen konnte. Warum sollte man dagegen sein, da es doch angenehm war?

Dann fuhr Mama dazwischen und schlug auf sie ein, und es geschah das erste Mal, daß Maria merkte, was für eine schrille, kratzende Stimme die Mutter hatte.

Zwei von den Jungs setzten sich zur Wehr und schlugen zurück, und da begann Mama auf die Jungs einzuprügeln, daß es Nasenbluten gab.

Maria war davongelaufen, dann stehengeblieben, und dann sah sie, daß auch Mama eine blutende Nase hatte, und dafür versetzte ihr die Mutter daheim noch einen Faustschlag, und jetzt blutete auch Maria.

Das vergaß sie kurz danach, nur Mamas schlimme Stimme vergaß sie nicht.

Prügel machten Maria nicht sehr viel aus. Hiebe gab's in der Schule, auf der Straße und leider auch manchmal von der Mutter. Die hatte früher nie zugehauen. Erst der Krieg hatte die Mutter so böse gemacht, und daß der Vater weg war und sie auf Liebe verzichten mußte, auf ihre Zigaretten und sogar auf Bohnenkaffee. Sie verschaffte sich manchmal Ersatz: brachte einen ihrer schwergewichtigen Bekannten mit; die blieben für eine Nacht, und am nächsten Morgen war die Mutter fröhlich und voller Pläne wie in Marias Kinderzeit. Sie setzte sich an die Nähmaschine, stoppelte aus alten Kleidern von sich und einem Meter neuen Stoff, den man auf Bezugsschein ergattert hatte, Rock und Bluse zusammen für die Tochter.

Hanna Schygulla als Maria Braun.
Ein Mensch
von einem starken Stamm.

Die war eingeladen zu einer Hochzeit in der Nachbarschaft, und Mutters Ehrgeiz war geweckt. Ihre hübsche Maria durfte nicht zurückstehen hinter dem anderen Mädchen, das die Schleppe der Braut trug; es war die Schwester der jungen Frau, die heiratete, und die ganze Familie hatte es mit der Garderobe leicht; ihr gehörte das größte Textilgeschäft in der Stadt, und die Mutter murmelte, während sie schnippelte und zusammensteckte und anprobierte: »Na warte, meine Maria, denen werden wir es zeigen, die können aus dem vollen wirtschaften, aber erst in der Beschränkung zeigt sich der Meister!«

Tatsächlich sah Maria reizend aus in dem von der Mutter genähten Kleid: ein Oberteil aus lila Georgette und dazu der Rock aus orangefarbenem Tüll, der mal zu einem Faschingskostüm gehört hatte. Maria stach die Schwester der Braut bei weitem aus, die ein Pummel war und bei der auch das teure Spitzenhängerchen nichts retten konnte. Die vierzehnjährige Maria zog mehr Blicke auf sich als die aufgedonnerte Textilgeschäftsbesitzerstochter in ihrem Atlas-Brautkleid. Maria war glücklich. Die Feier fand in einem großen Restaurant statt, in einem eigens dafür reservierten Raum.

Mittags gab es Frikassee vom Huhn, mit Spargel und Champignons; so viel Fleisch, wie da auf ihrem Teller lag, bekam Maria sonst die ganze Woche nicht. Der Bräutigam, oder vielmehr der junge Ehemann, war Matrose und hatte in Uniform geheiratet; er sah ein bißchen komisch aus neben seiner Atlasbraut. Er war ein netter Kerl, viel jünger als seine gutbetuchte Frau, und nach dem vielen Huhn und dem Spargel und den Pilzen hatte Maria zwei Gläser Weißwein getrunken, den ersten Alkohol in ihrem Leben.

Der Matrose forderte nach dem Eröffnungstanz mit seiner Frau die Schleppenträgerin auf. Maria konnte nicht sehr gut tanzen, aber der Wein machte ihr alles ganz leicht, und am liebsten hätte sie laut gerufen: Was kostet die Welt?

»So 'ne Hochzeit«, sagte Maria zu dem Matrosen, »muß ja eine Unmenge kosten.«

»Na«, erwiderte der, »es trifft ja keinen Armen. Was der Schwiegervater nicht auf geradem Weg heranschaffen konnte, hat er auf krummen Wegen besorgt.«

»Der verschiebt Stoffe, was?« meinte Maria. »Bei uns schneidet er sich fast in die Finger, wenn er einem die paar Zentimeter auf Kleiderkarte verkauft und –«

»Und«, sagte der angetrunkene Ehemann heiter, »was meinst du, wie viele Ballen er für die Hühner und den Spargel und den Wein abzweigen mußte –«

»Und die Champignons«, ergänzte Maria.

»Nee, die züchtet er selber.«

In der Nähe tanzte die junge Frau mit ihrem reichen Vater und blickte scheel auf den Matrosen und Maria.

Der verbeugte sich vor der Brautjungfer, die nur einen Moment ohne Partner auf der Tanzfläche blieb. Dann tanzte sie mit einem Gast davon, und der frisch getraute Ehemann mit seiner Frau.

Die Kapelle machte Pause, und danach forderte der Matrose seine in Spitzen gehüllte pummelige Schwägerin auf. Beim nächsten Walzer verbeugte er sich schon wieder vor Maria. Die hatte zwischendurch noch mehr Wein getrunken, weil ihr heiß war und sie sich nicht auskannte mit der Wirkung.

»Ich heiße Martin«, sagte der Matrose.

»Maria«, antwortete Maria.

»Weiß ich doch längst. Schließlich hab' ich mich erkundigt, wer meiner Braut die Schleppe trägt.«

»Und Blumen streut«, ergänzte Maria.

»Auf allen Wegen«, sagte Martin und preßte das Mädchen enger an sich.

»He«, bremste sie, »das bin nicht ich, die du geheiratet hast.«

»Leider«, sagte Martin.

»Du hast ganz schön einen in der Krone.«

»Hast du Mut?« fragte der Matrose.

»Hm?«

»Dann gib mir hier einen Kuß, mitten auf der Tanzfläche –«

Maria machte sich los von dem Mann, aber der packte sie und drückte seine Lippen auf ihre, und Maria gab es auf, ihn abzuwehren. Was war schon dabei, hier so vor allen Leuten?

Sie ließ Martin dann mitten auf dem Parkett stehen, er schwankte ein bißchen hin und her, und sein Schwiegervater nahm ihn am Arm und führte ihn zum Familientisch.

Maria tanzte noch ein paarmal, aber nicht mehr mit Martin, dann holte sie ihre Jacke aus der Garderobe, die eigentlich die Jacke ihrer Mutter war, und ging nach Hause.

Ihre Mutter saß am Tisch und sah wütend aus. Maria sagte fröhlich: »Ich hab' dir was mitgebracht, die hatten von allem viel zuviel.« Sie packte Brötchen und Äpfel auf den Tisch und ein paar Scheiben Schweizer Käse, die ordentlich in eine Serviette eingewickelt waren. »Guten Appetit«, sagte die Tochter.

Die Mutter fragte: »Brautjungfer warst du also?«

Maria lachte: »Aber Mama, das weißt du doch –«

»Aufgeführt hast du dich wie eine Hure!«

»Mama«, sagte Maria. Aber da war die Mutter schon aufgesprungen und schlug Maria rechts und links ins Gesicht. Ihre Stimme schrillte: »So ein Dreckstück stellt sich mitten unter all die Leute und küßt den frisch getrauten Ehemann, beleidigt die Frau an ihrem Ehrentag und blamiert sich und mich für alle Zeiten. Nicht mehr in der Stadt sehen lassen kann man sich!«

Maria versuchte den Ohrfeigen auszuweichen. »Nicht ich hab' ihn geküßt, Martin hat mich geküßt!«

»Martin?« schrie die Mutter. »Den Vornamen weißt du auch schon? Und für so ein Flittchen zerschneid' ich mein schönstes Kleid, näh' mich krumm, und das ist der Dank!«

Maria dachte unter all den Schlägen: Das Karnevalskostüm hätte der Mutter sowieso nicht mehr gepaßt, die war inzwischen dreißig Pfund schwerer geworden, und dann überlegte sie, wer so schnell das, was dort mit dem Matrosen geschehen war, weitergeklatscht haben konnte.

Die Mutter hörte endlich mit dem Schlagen auf und begann zu weinen. Maria sah sie ruhig an und griff noch mal in ihre Tasche. Sie hatte bei der Hochzeit auch eine Packung Zigaretten mitgehen lassen, und die schob sie nun der weinenden Mutter über den Tisch. Die fingerte sich hastig eine Zigarette aus dem Päckchen. Sie rauchte und hörte auf zu heulen.

Dann schrie sie: »Das verzeih' ich dir nie! Gib mir meinen Rock wieder!«

Maria streifte den Tüllfummel herunter und trat mit den Schuhen darauf herum. Ihr Gesicht brannte von den Ohrfeigen und vom Wein und von der Wut, die sie auf Martin und die Mutter und die Hochzeit und auf die ganze Welt hatte.

Das Standesamt war früher auf dem Rathaus gewesen. Das Rathaus war ausgebombt. Seitdem wurden die Trauungen im alten Gerichtsgebäude vorgenommen. Kurz vor dem Krieg war ein neues Amtsgericht eingeweiht worden, der Stolz der Stadt. Das sank gleich beim ersten Bombenangriff in Schutt und Asche. Seitdem dienten eine Schule und die Turnhalle als Gerichtsgebäude. Das alte Gericht hatte man in eine Wohnkaserne verwandelt, aber im Lauf des Krieges wurden immer mehr Häuser zerstört. Man siedelte die Mieter aus dem umgebauten Gerichtsgebäude aus und in den Vorstädten und weit draußen im Umland an. Das alte Gericht kam wieder zu Ehren, die städtischen Dienststellen zogen ein, ganz zuletzt auch das Standesamt. Es lag oben unterm Dach in nur provisorisch hergerichteten Räumen. Die schadhaften Wände waren hinter Hakenkreuzfahnen verborgen. Wo vier oder fünf Mauersteine fehlten, hatte man ein riesiges Hitlerbild aufgehängt. Herr Roland, der Standesbeamte, war ohnehin der Meinung, daß das alles nicht mehr lange dauern konnte; er und seine Vertreterin, Brunhilde Lehmann, zitterten bei jedem Luftangriff. Ein Wunder, daß das alte Gerichtsgebäude bisher von den Bomben verschont geblieben war. Vielleicht sah es von oben, aus den Kampfflugzeugen betrachtet, schon wie eine Ruine aus. Kaputt genug war es, die Bürgersteige ringsum hatte man gesperrt, der bröckelnden Fassade wegen. Große Stuckbrocken fielen herunter, und wenn in der Nähe eine Bombe niederging, riß die Druckwelle ganze Ziegelreihen vom Dach.

Der Standesbeamte Roland litt an einem Trauungstrauma. Vor jeder Eheschließung, die er zu vollziehen hatte, warf er besorgte Blicke durchs Fenster und hinauf zum Himmel, überzeugt, die nächste Bombe würde bei einer Hochzeit einschlagen.

Da standen Maria und Hermann als Brautpaar. Mitgekommen waren Marias Mutter und die Freundin Betti mit ihrem Verlobten Willi. Es war noch alles heil, die Luft frei von Staub. Die Sonne stand sichtbar am Himmel, weil weder Wolken noch Staubschleier sie verhüllten. Maria dachte: Das ist gut so, was hier geschieht: danach heißt du Frau Braun, und wenn jemand etwas anderes zu dir sagt, dann gibst du ihm eins hinter die Ohren.

Sie trug ein aus mehreren alten Hochzeitskleidern raffiniert zusammengeschneidertes neues Hochzeitskleid, mit dem sie auch in die Kirche hätte gehen können, was sie aber nicht taten, weil es an Zeit und überhaupt an allem mangelte.

Jedenfalls hatten sie es eilig, die Eheschließung hinter sich zu bringen und heimzukommen, wo es was Anständiges zu essen und zu trinken gab. Schließlich heiratete man nicht alle Tage.

Wenn Maria später an ihren Hochzeitstag zurückdachte, wunderte sie sich regelmäßig darüber, daß sie nichts anderes empfunden hatte als diese einfache große und starke, freilich auch etwas banale Freude.

Sie hatte sich darauf gefreut, ihren neuen Namen schreiben zu können. Fortan würde sie MARIA BRAUN heißen. Kein Schimmer einer Ahnung, wie oft der Name MARIA BRAUN als Zeitungsschlagzeile auftauchen würde: DIE EHE DER MARIA BRAUN. Nichts davon. Nichts schwante ihr, sie war froh bei dem Gedanken, gleich die Unterschrift mit dem neuen Nachnamen zu leisten, mit Schwung würde sie das machen, mit Schwung würde sie daheim das große Bratenmesser durch den Entenbraten ziehen, durch die fette, knusprige Ente, die Mama organisiert hatte, und dazu würde man sich den schwarzgebrannten Kartoffelschnaps schmecken lassen, den Willi wer weiß wo aufgetrieben hatte.

Ja, und sie hatte sich auf Hermann gefreut, auf die Nacht mit ihm, wenn sie das Bett mit dem Mann teilte. Nicht zum ersten Mal, nein, da hätte Mama noch soviel Wache stehen können. Mit Hermann wäre sie zusammengekommen, und mit Hermann war sie zusammengekommen.

Nur hatte sich alles in solcher Eile und Kürze abgespielt, daß sie noch immer zu träumen glaubte. Ein Soldat auf Fronturlaub. Zehn Tage daheim. Erst am vierten Tag waren sie zusammengetroffen. Fünf Tage lang hatten sie sich gesehen und geliebt, heute am neunten Urlaubstag fand die eilends organisierte Kriegstrauung statt, morgen früh mußte Hermann zurück an die Front.

Maria, wenn sie aufrichtig war, und das war sie mehr als andere Frauen, gestand sich ein, daß zur Freude über die Liebe mit Hermann in ihr die Freude über die Eifersucht der Mutter hinzukam.

Denn daß Mama ärgerlich und gekränkt war, konnte sie nicht verhehlen. Für Hermann aber war die junge Maria die Frau, nicht etwa die starke und kräftige Mutter, die sonst immer die Frau herauskehrte, wenn sie einen ihrer stämmigen Liebhaber mitbrachte.

Das gab's heute nicht. Heute war Marias Tag. Ihr Hochzeitstag. Das Fest der Maria Braun. In dieser Nacht würden sie und Hermann daheim in den Doppelbetten liegen und sich lieben, und Mama verbrächte die Nacht schlaflos vor Ärger in Marias Jungmädchenzimmer. Da konnte sie den braunen Plüschbär der Tochter im Arm halten und bei ihm Trost suchen.

Maria lächelte.

Die Liebe mit Hermann stellte eine große Versuchung dar. Die Aussicht, Mama etwas heimzahlen zu können, stellte eine zweite und nicht minder große Versuchung dar. Die menschlichen Gefühle waren offensichtlich auf ziemlich geheimnisvolle Weise alle miteinander verbunden. Marias Trauung besiegelt ihre frühen Liebesversuche und war zugleich ein Akt der Rache gegenüber der Mutter.

Man erhob sich, nachdem man sich schon zweimal gesetzt und erhoben hatte, von den Plätzen, und diesmal sollte es endlich ernst werden. Der Standesbeamte sah sehr feierlich aus, obwohl ihm vor Hunger der Magen knurrte, der Beamte äußerte sich in Worten, die vor Feierlichkeit und Tiefsinn geradezu trieften.

Beides überhörte Maria.

Sie merkte auf, als der Magenknurrer sagte: »Darf ich bitten vorzutreten... Sind Sie, Hermann Braun, gewillt...«

Mit Schrecken und Zorn nahm Maria die drohende Störung wahr.

Da hatten sie sich wieder herangeschlichen, die feindlichen Bomber am Himmel, und daß sie ausgerechnet an diesem Mittwochvormittag kurz nach halb elf kamen, verzieh Maria ihnen nie.

»Sind Sie, Hermann Braun, gewillt, die Ehe...«

Es gab einen Schlag, Blitze folgten, die Mauer hinter dem Standesbeamten wankte, Putz bröckelte herab.

»Los, Mann, sprechen Sie weiter!« schrie Maria.

Sie stand mit Hermann vor dem schreckensbleichen Beamten und der auseinanderbrechenden Wand. Der Krieg hatte jetzt zu warten, und sei's nur für ein paar Minuten, es hing so viel davon ab, daß die junge Frau ihren neuen Namen aufs weiße Papier schreiben durfte, dieses ersehnte MARIA BRAUN –

»Los, sprechen Sie weiter!«

Der Standesbeamte Roland schluckte und würgte. Am Himmel klinkten die Flieger Bombe auf Bombe aus.

Maria lachte Hermann an.

»Sind Sie gewillt...«

Es krachte. Der Standesbeamte verstummte.

Maria sagte laut: »Bist du, Hermann Braun, gewillt, mich zur Frau zu nehmen, dann antworte mit Ja!«

Hermann tat den Mund auf, und sein Ja ging in der heftigen Explosion unter. Herr Roland hatte sich unter den mächtigen Eichentisch geflüchtet, wo er die Hände gegen beide Ohren preßte und die Augen krampfhaft geschlossen hielt.

Maria und Hermann zogen auf dem wackelnden, bebenden Tisch die Urkunde zu sich heran und schrieben nacheinander ihre Namen.

Ganz langsam und mit großen deutlichen Buchstaben malte die junge Frau zum ersten Mal in ihrem Leben: MARIA BRAUN.

Nun konnte die Welt um sie herum untergehen. Hauptsache, die Wohnung daheim blieb erhalten. Man wollte die Hochzeitsnacht in den beiden großen Ehebetten verbringen. Es gab nichts, was Maria jetzt wichtiger war. Es bedeutete die Besiegelung des Ehepaktes, den sie eben geschlossen hatten. Jedes Ding mußte zu seinem besten Ende gebracht werden. Irgendwer hatte diesen idiotischen Krieg begonnen. Er sollte ihn auch beenden. Maria legte größten Wert darauf, die Ehe zu verwirklichen, bevor sie ihr ihren Hermann wieder entzogen. Wenn sie dann allein zurückblieb, war sie immerhin Frau Maria Braun, und die Mutter konnte nicht an sie heran. Maria war stark, weil sie Hermann liebte und von ihrem Mann geliebt wurde.

Wenn Maria später an die Trauung auf dem Standesamt zurückdachte, erinnerte sie sich kaum der Bomben und Trümmer und der Gefahr. In ihrer Erinnerung war nur Hermanns Gesicht verblieben und drumherum dunkle Schatten.

»Das ist so, wenn man ein starkes Gefühl hat«, sagte die Mutter dazu. Die beiden sprachen oft von diesem Tag, schließlich war ja die Hochzeit das wichtigste Ereignis in Marias Leben.

Auf dem Heimweg hatte es gedonnert und geblitzt, klatschnaß waren sie in der Wohnung angekommen, und die Mutter hatte eine alte Volksweisheit von sich gegeben: »Es bringt Glück, wenn es der Braut in den Kranz regnet.«

Maria hatte keinen Kranz getragen und gesagt: »Wenn es nicht nur Wasser wie aus Gießkannen, sondern auch noch Bomben vom Himmel regnet, dann wird das wohl eine besonders glückliche Ehe werden.«

Für die Bomben hatte die Mutter kein tröstendes Sprichwort parat, da versagte die Volksweisheit.

Hermann meinte: »Hier paßt wohl eher: Alles Gute kommt von oben, und rette sich, wer kann.«

Er lachte dabei, doch sein Lachen klang nicht freundlich. Er wollte weiterreden, aber Maria küßte ihn, und dann aßen sie Entenbraten und tranken schnell und viel von dem schwarzgebrannten Kartoffelschnaps. Willi war schließlich so blau, daß er den Fusel in Marias Brautschuhe goß und das Zeug in einem Zug runterkippte. Betti schimpfte mit ihm, weil es ihre besten Pumps waren, die sie der Freundin zur Trauung geliehen hatte, doch Willi erklärte störrisch, bei einer richtigen Hochzeit gehöre es sich, aus den Schuhen der Braut zu trinken. Hermann saß still dabei, nicht traurig und nicht heiter; Maria sah sein Gesicht ganz deutlich, und so hatte es sich ihr eingeprägt, und die Schatten und der Nebel drumherum waren erst später hinzugekommen. Hermann war wichtig, und die Hochzeit war wichtig, und so sollte es für alle Zukunft bleiben, wenn es nach Maria ginge, und warum sollte es nicht nach ihr gehen. Es waren doch ihr Wille und ihr Leben, das allein sie bestimmte. Ihr Leben, das ihr gehörte, wie ihre Wünsche und Träume und Sehnsüchte allein ihr gehörten, und vor allem die Erinnerung an Hermann, dessen Gesicht Maria immer wieder heraufbeschwor. Fotos halfen ihr dabei nicht, sie zeigten einen Menschen mit jungenhaften, glatten Zügen, was mit ihrem Gedächtnisbild nicht übereinstimmte. Sie sah ihn nicht unbedingt älter, aber anders. Sie dachte lange darüber nach, endlich meinte sie, es sich erklären zu können. Hermann war auf diesen Fotos nie allein. Um ihn herum waren Landschaftsausschnitte, Freunde, die großgeblümte Tapete im Wohnzimmer der Eltern. Die Zutaten verdeckten ihr die Sicht auf ihren Mann, alle diese Bilder wirkten starr und künstlich, während sie jederzeit sich den lebendigen Hermann vorzustellen vermochte, der ihr so nahe war, daß sie oft mit ihm sprach.

Die Frau trat hinter den Paravent und begann sich anzukleiden. Ihre Unterwäsche knisterte.

Der Arzt las in den Papieren und schrieb mit dem Füllfederhalter ein paar Bemerkungen dazu. Die große Standuhr tickte langsam und schwerfällig.

»Ist alles in Ordnung, Herr Doktor? Krieg ich den Schein?« fragte die Frau. Sie keuchte ein wenig, weil sie sich bückte, um die langen Schuhbänder ihrer Halbstiefeletten in die vielen Ösen einzufädeln.

Ohne im Schreiben einzuhalten, antwortete der Arzt: »Nein, Frau Binder, Sie werden drei bis vier Wochen aussetzen müssen.«

Da trat die Frau im Unterkleid hinter dem Paravent hervor. Den Rock hielt sie in Händen, ihr schmales Gesicht mit den großen grauen Augen war ganz blaß.

Den Blick starr auf den Arzt gerichtet, klagte sie: »Also hat es mich erwischt diesmal?«

Der Arzt schraubte die Hülle sorgfältig auf den Füllfederhalter und legte ihn beiseite. Man mußte mit solchen Kostbarkeiten, wie's eine Goldfeder war, achtsam umgehen.

Der Doktor sah auf und sagte: »Ein Volltreffer. Arbeiten können Sie damit nicht.«

Die Frau schleuderte den Rock zu Boden und begann darauf herumzutrampeln.

»Davon werden Sie auch nicht wieder gesund«, sagte der Arzt. »Reißen Sie sich doch zusammen.«

»Ich brauch' das Geld!« schrie die Frau mit hoher Stimme. »Woher soll ich die Kohlen nehmen? Ich brauch' das Geld unbedingt!«

Der Doktor wartete ein paar Sekunden. Dann erhob er sich und sagte: »Nun reicht's aber, Frau Binder. Jeder Beruf hat sein Risiko. Nehmen Sie die Tabletten in diesem Röhrchen. Dosierung steht drauf. Regelmäßig schlucken, keinen Tag auslassen. Wunderheilungen gibt es nicht. So, und nun beeilen Sie sich bitte, ich habe noch mehr Patienten.«

Frau Binder stand hinter dem Paravent und streifte ihren Rock über den Kopf. Sie hatte den Reißverschluß noch nicht ganz hochgezogen, da griff der Arzt nach ihrem Arm und komplimentierte sie zur Tür.

»Aber –«, protestierte die Frau, ihre Hand schon auf der Klinke.

»Auf Wiedersehn. Lassen Sie sich von Frau Schulz einen neuen Termin geben.«

Er legte seine Hand auf die Hand von Frau Binder, die die Türklinke umfaßte, aber keine Kraft fand, sie niederzudrücken. Die Arzthand drückte die Hand der Patientin mit der Klinke nieder.

Frau Binder wurde sacht nach draußen geschoben.

»Die nächste, bitte.«

Eine zierliche, eher schmächtige Gestalt näherte sich.

»Guten Tag, Herr Doktor.«

»Maria – Guten Tag. Nein so was, die kleine Maria!«

Er zog Maria Braun ins Sprechzimmer und schloß die Tür hinter ihr.

»Na, wie geht's, Maria?«

Der Schritt durch diese Tür kam Maria wie der Schritt über die Schwelle zur Ewigkeit vor. Was sie jetzt tat, hatte sie nie gewollt, und sie wollte es, wäre es nach dem freien Willen des Menschen gegangen, auch in diesem Augenblick nicht. Leider ging es nicht nach dem freien Willen des Menschen. Wer wußte auch, was das war, der freie Wille, und wozu er gut sein sollte, falls es ihn überhaupt gab.

Sie spürte in diesem Moment nichts davon.

»Wie groß und schön du geworden bist, kleine Maria«, sagte der Arzt. Er faßte sie an beiden Oberarmen und schob sie ein paar Schritte von sich, hielt sie dann fest, um sie ausgiebig zu betrachten.

So machten es die Erwachsenen oft, wenn sie ein Kind trafen; sie zwangen es stehenzubleiben, besichtigten es und brachen in kritische oder bewundernde Rufe aus.

Maria stand und starrte auf den Doktor.

»Früher gaben Sie mir manchmal einen Kuß auf die Stirn«, sagte sie, weil ihr das gerade in den Sinn kam. Als sie es gesagt hatte, bedauerte sie ihre Worte. Der Arzt konnte sie mißverstehen.

»So, tat ich das?« fragte er langsam.

Maria erinnerte sich jetzt ganz deutlich des freundlichen Doktors, vor dem sie nie Angst gespürt hatte wie vor manchem anderen schroffen und barschen Weißkittel. Dieser Arzt war immer nett und umgänglich gewesen, weshalb die Kinder gern zu ihm in die Praxis kamen.

Während Maria daran dachte, fühlte sie sich sicherer und stärker werden. Die anfängliche Verwirrung fiel von ihr ab. Es war ihr jetzt auch gleichgültig, wie der Arzt reagieren würde, wenn sie vorbrachte, was sie von ihm erwartete. Das gute Gefühl von Kraft und Stärke gewann in ihr die Oberhand.

»Wollen Sie mir nicht einen Kuß auf die Stirn geben, Doktor?«

»Bei den Erwachsenen vergesse ich das. Bei den Erwachsenen muß ich es vergessen, Maria.«

»Das ist traurig, Doktor.«

»Es ist jetzt vieles traurig, mein liebes Mädchen. Setz dich und erzähl, was dir fehlt.«

»Ich brauche ein Gesundheitszeugnis.«

Der Arzt griff nach dem Füller und schraubte ihn langsam auf. Dann drehte er die Hülle wieder darüber und beobachtete angestrengt, wie die Goldfeder verschwand.

»Ja, Maria. Es ist kalt in diesem Winter. Es gibt keine Kohlen und kein Holz.«

»Und nichts zu essen.«

»Und nichts zu essen.«

»Ich will in einer Bar arbeiten. Ich verkaufe Bier dort. Nicht mich.«

»Verkaufen? Es müssen sich viele verkaufen. Was macht deine Mutter?«

»Oh – sie ist daheim.«

»Es ist nicht gut Kirschen essen mit ihr, wie?«

»Mit Opa Berger sitzt sie am Tisch und spielt Karten. Die Steckrüben schmecken ihr nicht, sie will Kartoffeln haben. Wenn ich vom Hamstern bei den Bauern auf dem Dorf zurückkomme und kein Stück Speck ergattert habe, meckert sie stundenlang rum.«

»Sie war eine starke Frau, deine Mutter.«

»Manchmal ist mir, als seien die stärksten Menschen die schwächsten. Sie können nicht zurückstecken. Sie müssen immer jemanden unter sich haben.«

»Du warst immer unter ihr, wie?«

»Jetzt ist *sie* unter mir!«

»Ja, Maria.«

»Opa Berger ist schwerhörig und versteht kaum, was sie ihm sagt. Das ist gar nicht schlecht, wenn einer schwerhörig ist. Es bleibt ihm vieles erspart. Wenn sie nichts auf den Tisch bringen kann außer Hafermehlsuppe, dann schimpft Mama die ganze Zeit, während sie Suppe löffelt, wie bitter die Hafermehlsuppe sei. Sie flucht auf das Hafermehl, auf Opa Berger, auf mich – auf die ganze Welt.«

»Das hast du satt, Maria?«

»Manchmal hab' ich Glück auf dem Schwarzmarkt, kann günstig was eintauschen. Kaum bin ich daheim, beklaut sie mich. Erst fehlt eine Chesterfield, und wenn ich mich umdrehe, hat sie mir schon die ganze Packung geklaut. Neulich kam Betti, meine Freundin, sie hat schon seit Wochen Arbeit in der Bar. Nicht mehr Nepp als unbedingt nötig, und es ist kein Puff, wirklich nicht, Doktor, ich schenk' da Bier aus. Aber sie verlangen ein Papier dort, über meine Gesundheit, weil die Polizei und welche von der Army oft Kontrollen machen, und da muß es mit der Gesundheit seine Ordnung haben. Ohne diesen Schein stellen sie mich nicht ein.«

»Was gibt's sonst noch für Bedingungen bei der Arbeit?« fragte der Doktor.

»Sonst keine.«

»Wirklich nicht?«

»Nein. Der Boss heißt Bronski. Er wollte mich erst nicht nehmen. Sie haben Frauen genug. Brauchen keine mehr. Dann sah er mich genauer an – na ja, und nun will er es mit mir probieren. Wenn ich das Papier bringe. Und keinen Ehering trage während der Arbeitszeit.«

»Dein Mann, Maria, was ist mit ihm?«

»Er ist noch nicht zurückgekommen aus dem Krieg.«

»Lebt er noch?«

»Ja.«

»Also hast du Nachricht von ihm?«

»Nein.«

»Woher weißt du dann, daß er noch lebt?«

»Ich weiß es.«

»Du sollst dein Gesundheitszeugnis haben, Maria, du sollst es haben.« Der Doktor griff zum Füller, um das Papier auszustellen. Er begann zu schreiben, setzte ab und blickte auf Maria.

»Wie ist das, wenn man so ein Gefühl hat, Maria?«

»Sie meinen wegen Hermann?«

»Es sind so viele draußen im Krieg umgekommen. Warum soll dein Mann nicht auch umgekommen sein?«

»Es ist so: Wenn ich an ihn denke, dann werde ich immer sicherer in meiner Überzeugung, daß er noch lebt. Ich fühle das einfach. Und wenn ich einmal den Glauben daran verliere, dann denke ich nur ganz fest und lange an ihn, und dann bin ich wieder vollkommen sicher, er ist am Leben, er ist nicht tot, er wird zurückkommen.«

Zweites Kapitel:

Die Liebe und die Einsamkeit

Marias und Bettis Blick begegneten sich im Spiegel. Betti stand hinter der sitzenden Maria, die sich die Nägel lackierte. Bettis Hände strichen durch Marias Haar. Ihre Gesichter, stark geschminkt, waren starr. So wurde Maria vorbereitet auf die erste Nacht in der Bar. Es ist eine Maskerade, Maria. Nimm's nicht so schwer. Ich nehm's nicht schwer, Betti. Sie blickten im Spiegel, eine der anderen, in die Augen. Die geschminkten Gesichter verzogen sich. Du mußt lächeln, Mädchen.

Von der Spiegelkonsole herab beobachtete Hermann sie, der Uniformierte. Ein postkartengroßes Foto im hölzernen Lackrahmen. Es gab keinen Blick Marias in den Spiegel daheim ohne einen Blick auf Hermanns Fotografie.

Das Bild war links von Schminkzeug und rechts von Lockenwicklern garniert. Es wurde morgens und abends von Maria blankgeputzt. Nie lag Staub auf dem Glas über dem Foto. Seit Hermann in den Krieg zurückgemußt hatte und darin verschwunden war wie in einem tiefen Meer, war diese kreisende Bewegung zurückgeblieben. Maria nahm ein weiches gelbes Tuch und reinigte das Bild von dem Staub, der gar keine Chance erhielt, sich festzusetzen.

Maria senkte den Kopf und beschäftigte sich wieder mit ihren Händen.

»Der Lack, den du mitgebracht hast, ist schon etwas eingetrocknet, Betti.«

Betti prüfte Marias Frisur.

Marias und Bettis (Elisabeth Trissenar)
Blicke begegnen sich im Spiegel.

»Was sagst du?«

»Der Lack ist eingetrocknet.«

»Man wird in der Bar sowieso nicht viel sehen von dir. Es ist recht dunkel dort. Bloß rotes Licht und so.«

»Du willst mir Mut machen und stellst es ganz verkehrt an, Betti. Du denkst dir was aus. Es ist ein völlig normales Lokal. Die Amis kommen dorthin und nehmen einfach ihre Drinks.«

Maria stand auf und drehte sich vor dem Spiegel hin und her. Sie faßte mit den Händen in ihr gelocktes, aufgetürmtes Haar.

»Also, ich weiß nicht –«, sagte sie.

»Was weißt du nicht?« fragte Betti.

»Mit dieser Frisur seh' ich aus wie ein Pudel.«

»Findest du? Warte mal. Ja, das hat wirklich ein bißchen was von einem Pudel. Man trägt die Haare aber heute so.«

»Ich glaube, die Amis sind ganz wild auf Pudel.«

Maria machte eine spielerische Verbeugung vor ihrem folgsamen Spiegelbild, das sich zugleich aus dem Spiegel heraus zu ihr verbeugte.

»Madame Pudel«, sagte Maria. »I love die Pudels.« Sie war ganz locker und übermütig.

Betti versuchte, es ihr gleichzutun: »Madame Pudel, one Bier. How do you do in diesem Puff?«

»He, Betti, zum Donnerwetter, wo ich hingehe, das ist kein Puff!« protestierte Maria.

»Puff oder nicht Puff. Mein Willi wäre auf jeden Fall dagegen, daß ich dort arbeite. Und deinem Hermann wär's auch nicht recht, dich dort als Bardame zu wissen.«

»Hermann wär nicht dagegen.«

»Und warum nicht?«

»Weil er mich kennt.«

»Das ist kein Grund.«

»Weil er weiß, daß ich ihn liebe.«

»Und weißt du auch, was du anziehst, wenn du in deine Bar gehst?«

»Erstens ist es nicht meine Bar –«

»Und zweitens weißt du es nicht.«

Betti trat zum Schrank, öffnete die knarrende Tür und warf zwei Arme voll Klamotten aufs Bett.

Die beiden Mädchen wühlten eifrig in den alten Kleidern. Ihre Hände fanden sich bei einer Anzugjacke, die sie hochhielten.

»Das ist es!« begeisterte sich Maria. Sie schlüpfte in das streng geschnittene Herrenjackett. »Fehlt bloß noch der Zylinder, und ich seh' aus wie Marlene Dietrich. Na, wie findest du mich? Der letzte Schrei! New Look!«

Betti blickte erschrocken auf die Freundin. Ihre Lippen zitterten. Die Augen füllten sich mit Tränen. Ihr Gesicht begann zu zucken.

»Warum flennst du denn schon wieder, du Heulsuse?«

Sie folgte Bettis Blick und schaute an sich herab. Unter der Jacke kamen ihre langen weißen Beine zum Vorschein. Sie war nackt unter dem Jackett. Das also war der letzte Schrei. Der New Look.

Es würgte Maria. Sie schluckte. Wenn zwei weinen, ist es besser. Dabei gab es gar keinen Grund für die verdammte Heulerei. Es lag nur an Bettis fehllaufender Phantasie. Sie machte sich lauter falsche Vorstellungen. Weil Betti keine Ahnung hatte und Maria nicht kannte, obwohl sie einander natürlich gut kannten. Aber man kann miteinander befreundet sein und sich innerlich doch sehr fremd bleiben. Jedenfalls war es blanker Unsinn, jetzt Tränen zu vergießen. Das sagte sich Maria, während auch sie Tränen vergoß und immer wütender wurde auf Betti, die an allem schuld war.

Betti wollte nach Hause. Maria begleitete die Freundin bis zur nächsten Straßenecke. Das war ein Ritual zwischen ihnen. Unterwegs begannen sie plötzlich zu lachen. Maria fand das genauso dumm wie vorher die Heulerei. Es gab zu viele und höchst überflüssige Reaktionen. Man müßte versuchen, vernünftig zu sein. Maria konnte es, nur Betti brachte sie durcheinander, sie meinte es gut, machte einem aber alles schrecklich schwer. Dabei war sie ihre beste Freundin. Mit anderen Mädchen kam Maria schon lange nicht mehr zurecht, die erfaßten nicht, was um sie herum vorging. Betti gab sich wenigstens Mühe.

»Bis bald«, sagte Maria, »danke für den Nagellack und nicht mehr

Die Gesichter von Maria und ihrer
Freundin Betti sind stark geschminkt.
Sie wirken starr.

heulen, du –«

Betti lächelte und verschwand um die Ecke. Maria lief in die Wohnung zurück, ihr war heiß, und sie fühlte sich müde und erschöpft.

In der Küche zog sie sich aus und rieb ihren Körper mit einem nassen Handtuch ab. Dann wusch sie sich die Haare. Die Erfrischung hielt nicht lange an. Wie soll ich die ganze Nacht in der Bar wachbleiben, dachte Maria, wenn ich jetzt schon einschlafe? Sie kämmte die nassen Haarsträhnen glatt herunter und wollte überhaupt nicht mehr aussehen wie ein Pudel. Sie war Maria und keinesfalls ein Hund. Was sollte diese idiotische Frisur? Sie legte sich ins Bett. Dann stand sie noch mal auf und holte Hermanns Foto. Mit dem Bild auf der Brust schlief sie ein und träumte von ihrem Mann. Er saß im Lager auf einer Pritsche und hielt etwas in Händen. Über ihm beugte sich ein Mann aus dem oberen Bett und grinste.

Hermann begann nach dem Grinsenden zu schlagen. Maria erkannte, es war ihr Foto, das Hermann in Händen hielt.

Sie sah es ganz deutlich. Da erwachte sie. Sie mußte in die Bar.

Marias Dienst begann abends um zehn Uhr. Bevor sie anfing, rief Bronski nach ihr. Sie ging in sein Büro.

Er blickte nach einer Weile von seinen Rechnungen auf, als hätte er erst jetzt ihre Gegenwart bemerkt.

Sie trug das schöne kleine Schwarze. Ihr bestes Stück. Das Prachtkleid.

Bronski sagte, und die Zigarettenkippe klebte ihm an den Lippen: »Der Büstenhalter muß weg!«

Maria blickte auf den BH und dachte: Aha, das war wohl falsch.

»Wenn du hier arbeitest«, sagte Bronski und spuckte die Kippe in den Aschenbecher, »dann ohne solche Hilfsmittel. Bei mir gibt's keine Maskerade, verstanden?«

Maria nickte. Sie wandte sich zur Seite, streifte das Kleid von den Schultern, öffnete den BH im Rücken, nahm ihn rasch ab und stopfte ihn in die Handtasche. Sie zog das Kleid wieder hoch, alles tadellos, der Ausschnitt saß auch ohne BH. Dann ging sie zur Tür.

Bronski rief sie zurück: »Warte noch! Dreh dich her zu mir!«

Maria wandte sich ihm voll zu.

»Heb den Rock vorn hoch!«

Sie hob den Rocksaum an.

»Hab' ich's mir doch genauso vorgestellt – Höschen trägt die feine Dame –«

»Aber ich dachte –«

»Eine Bedienung braucht nicht zu denken und auch keine Höschen. Wir sind hier eine anständige Bar. Ist das klar?«

Maria schwieg.

»Und was ist mit dem Kopf?« fragte Bronski. »Ist das vielleicht eine Frisur?«

»Meine Haare sind meine Haare«, erwiderte Maria.

Sie hatte sich jetzt wieder vollkommen in der Gewalt. Die neue Situation war zu fremd und überraschend für sie, obwohl sie sich die ganze Zeit darauf vorbereitet hatte. Man kann sich noch so fest etwas vornehmen und noch so gut auf das vorbereiten, wenn es dann soweit ist, steht man ganz schön dumm da. Na, sie würde nicht gleich wieder so dumm dastehen. Sie kannte sich inzwischen gut genug aus. Bronski war nicht so böse und gefährlich, wie er sich gab. Bronski mußte sich viel zu sehr anstrengen, böse und gefährlich zu erscheinen. Sein breites Gesicht spielte nicht mit. Wenn Bronski sich anstrengte, hart zu erscheinen, blieben noch viele Züge in seinem Gesicht, die nicht mitmachten bei der Vorstellung. Bronski verriet sich zu sehr. Es gelang ihm nicht, ein ganzer Bösewicht zu sein. Es gelang ihm ebensowenig, ein ganzer Geschäftsmann zu sein. Mit Bronskis Gesicht verhielt es sich ebenso wie mit seiner Bar. Es war gar keine richtige Bar. Er hatte nur so was Ähnliches eingerichtet in einem viel größeren Raum, einer Art Tanzsaal. Wahrscheinlich war das früher tatsächlich ein Tanzsaal gewesen. Bronski hatte ihn abenteuerlich unterteilt durch quergestellte Schränke, Bretterwände, zersplitterte Möbelstücke. Ein enger begrenzter Raum war das, was Bronski die Bar nannte. Nebenan gab es sein Büro und andere Zimmer, die keine Zimmer waren, eher teilweise abgetrennte Ecken und Gänge, wo man sich aufhalten konnte und doch ständig gestört wurde durch vorüberkommende Leute und Lärm. Nein,

Maria hatte keine Angst vor Bronski. Er war eine zu gutmütige Natur. Sie würde schon auskommen mit ihm. Jedenfalls würde sie ihn nie ganz ernst nehmen. Das hatte sie sich vorgenommen, und das war ja auch schon was.

Bronski strich eine Zahl durch in seinen Rechnungen, schrieb eine andere hin und befahl ganz ruhig: »Zieh das aus.«

Sie zog das Höschen aus.

Als sie zur Tür ging, rief er ihr hinterdrein: »Wenn dir einer nahe kommt, dann nur mit den Fingern! Verstehn wir uns? Und nicht unter zehn Dollar, o. k.? Weiter läßt du dich mit keinem ein, Maria – außer mit mir!«

Sie wandte sich, in der Tür stehend, brüsk um. Es war ihr klargeworden, daß sie hier ran mußte, und wie!

Maria sagte: »Das mit den Dollars werd' ich mir merken. Aber weiter einlassen werd' ich mich mit keinem, auch nicht mit Ihnen, Herr Bronski.«

Sie schloß hart die Tür hinter sich.

Bronski grinste verlegen und nahm sich eine neue Zigarette.

Maria fuhr noch öfter als vorher zum Bahnhof, wo die Rückkehrertransporte einliefen. Sie spürte den Ring am Ringfinger ihrer rechten Hand mit einer ans Schmerzhafte grenzenden Deutlichkeit.

An der zerborstenen Bahnhofsvorderwand hielt ein Krüppel seine Waren feil. Ringe, Broschen, Anhänger, gefertigt aus dem Aluminium abgeschossener amerikanischer Flugzeuge.

Maria fuhr langsam vorbei, stieg ab, lehnte ihr altes Fahrrad vorsichtig gegen die zerklüftete Wand und zog die Kette durch die Speichen. Man konnte ein Fahrrad keinen Moment ungesichert stehenlassen, es wurde sofort geklaut. Selbst abgeschlossene Fahrräder waren vor Dieben nicht sicher. Sie trugen ein Fahrrad einfach weg. Es war am sichersten, man suchte sich ein Rohr oder ein anderes Eisenteil und kettete das Fahrrad an. Die Diebe wagten es dann nicht, mitten im dichten Menschengewühl die Sicherheitskette aufzusprengen. Freilich war es besser, man verließ sich auch darauf nicht. Jedenfalls durfte man das Rad nie zu lange irgendwo stehenlassen. Maria hatte sich mit dem Krüppel verständigt. Er warf ein Auge auf ihr angekettetes Rad. Sie stellte es stets in seiner Nähe ab.

Maria ging zum Bahnsteig. Sie sah die bekannten Gesichter. Sie warteten hier Tag für Tag. Manche saßen stumpf da. Andere wanderten stets umher. Manche trugen Plakate und Schilder, die sie hochhielten, wenn ein Transport ankam und die heimgekehrten Gefangenen die Waggons verließen. Auf den Schildern und Plakaten waren die Namen und Fotos der Vermißten und Verschollenen zu lesen, und die Angehörigen fragten die Heimkehrer danach. Hat jemand den Gefreiten Hans Schirmer gesehen? Kennt jemand Oberleutnant Günter Berghahn? Wer weiß etwas über den Matrosen Gerhard Gärtner?

An diesem Mittag wartete Maria den angesagten Transport nicht ab. Sie kam durch die Bahnhofshalle zurück zu ihrem abgestellten Fahrrad, schloß die Kette auf und ging, das Rad schiebend, zu dem Krüppel.

Der Mann deutete mit dem kleinen Finger, der ihm an der rechten Hand verblieben war, auf ihr Fahrrad: »Ich hab' ein Auge drauf geworfen. Es tät mich interessieren.«

»Danke. Das Rad brauch' ich. Was kostet ein Ring?«

»Am liebsten wären mir Zuckermarken.«

»Wieviel?«

»Sagen wir – weil Sie es sind: 50 Gramm.«

»Und welchen Ring krieg' ich dafür?«

»Welchen wolln Sie, frag' ich.«

»Geben Sie mir den häßlichsten, den Sie haben.«

»Häßlich sind sie alle.«

»Sie strengen sich nicht gerade an als Verkäufer.«

»Was soll ich mich bei Ihnen anstrengen? Sie kaufen so oder so.«

»Da sind Sie ganz sicher, was?«

»Da bin ich sicher.«

Maria nahm sich einen Ring und schob ihn über ihren Finger. Er ging nicht ganz über den Ehering. Sie legte ihn zurück und probierte es mit einem anderen. Der paßte besser. Sie suchte in ihrer Tasche nach den Zuckermarken, um zu bezahlen. Der Krüppel betrachtete sie abwägend.

»Müssen Sie was vergessen, junge Frau?« fragte er sanft.

»Vergessen? Nein. Im Gegenteil. Ich will etwas nicht vergessen.« Sie zeigte ihre Hand vor. Den übergeschobenen Ring, unter dem der goldene Ehering saß. Unsichtbar geworden.

»Das nenn' ich gut getarnt«, sagte der Krüppel.

»Und?«

»Meine Zuckermarken hab' ich. Dann, vergelt's Gott!«

Maria ging, ihr Rad bei sich, zwei Schritte und blieb stehen. Sie machte einen Schritt zurück.

»Was haben Sie da eben gesagt?«

»Vergelt's Gott – das ist nur ein Spruch, eine alte Angewohnheit.«

»Sagen Sie, sind Sie gut im Beten?«

»Wenn ich mich so ansehe, zumindest nicht sehr erfolgreich.«

»Ja«, sagte Maria, »das scheint so. Ja.«

Sie stand unschlüssig da und blickte auf den kaputtgeschossenen Mann.

»Den Daumen drücken könnt' ich Ihnen wenigstens«, sagte er.

»Ja«, nickte Maria, »das ist richtig, ich muß Glück haben bei dem, was ich tu'.«

Der Krüppel hob den Rest seiner kaputten Hand. »Also dann, auf Ihr Glück, junge Frau. Auf Ihr Glück.«

Maria fuhr ein Stück durch die Stadt. Auf halbem Weg nach Hause stieg sie ab, lehnte das Rad gegen die Hauswand und betrachtete die beiden übereinandergeschobenen Ringe an ihrem Finger.

Bronski hatte von ihr verlangt, in der Bar den Ehering abzunehmen.

Sie hatte gehorcht.

Es ging darum, Geld zu verdienen. Man brauchte nicht viel, aber man brauchte immerhin etwas, das wollte erst verdient sein. Sie mußte den Ring dabei abnehmen. Sie verstand Bronski. Eine Frau, die in einer Bar bediente und einen Ehering trug, das paßte nicht zueinander.

Dann war ihr der Gedanke gekommen: Wenn es nun ein anderer

Ring wäre? Kein Ehering?

Das hatte sie auf die Idee mit der Tarnung gebracht. Ja, das war besser. Jeden Abend, bevor sie in die Bar ging, war es ihr schwergefallen, den Ring abzustreifen.

Jetzt hatte sie es nicht mehr nötig, ihn abzustreifen. Sie streifte einen über. Jetzt erkannte niemand mehr, daß sie doch einen Ehering trug. Sie hatte ihn getarnt und dabei sich selbst mitgetarnt. Der Ring, der sie mit Hermann verband und ihn mit ihr, war geschützt durch einen übergezogenen Ring aus dem Aluminium abgeschossener Flugzeuge.

Maria fühlte sich sehr wohl. Sie spürte den Ring an ihrem Finger und kam sich jetzt nicht mehr schuldig vor wie vorher, wenn sie ihn hatte abstreifen müssen.

Maria lächelte. Sie hatte Bronski überlistet.

Es war noch früh am Abend. Mäßiger Betrieb in der Bar. Die Gäste saßen schweigsam auf ihren Plätzen, nippten an ihren Biergläsern.

Zwei Paare tanzten lustlos.

Maria stand vor der Theke.

Vevi, die allein bediente, hatte schon einen in der Krone. Vevi war anfangs stets leicht angetrunken. Später wurde sie immer nüchterner und wacher. Dann kam's auf gute Geschäfte an.

»Ich hab' mich völlig auf die Bar eingestellt«, sagte Vevi, »sie bestimmt meinen Tagesablauf. Ich schlafe bis zum Mittag. Dann stehe ich auf, werfe den Kerl, der bei mir ist, aus dem Bett und aus der Wohnung und frühstücke gemütlich; das ist so gegen zwölf. Nach dem Essen trinke ich ein Glas Sekt. Du mußt wissen, wie du dir Sekt beschaffst. Dazu sind die Kerle schließlich da. Wozu sonst sollen sie taugen? Zu wahrer Liebe jedenfalls nicht. Wenn du mich fragst, das ist alles Quatsch mit der Liebe.«

»Ich frag' dich ja nicht«, erwiderte Maria.

»Ich sag's dir trotzdem. Wegen Hermann. Das ist nämlich so. Ihr habt geheiratet, und dann ist dein Hermann wieder in den Krieg gezogen. Wohin er ist, weißt du nicht. Du weißt nur, er ist weg von dir. Du weißt ganz bestimmt, du bist jetzt hier, dein Hermann aber

Da sitzt ein kräftiger Schwarzer
mit gutem Gesicht.

ist irgendwo. Du weißt nicht, wo. Vielleicht ist er tot. Was Genaues kannst du über Hermann nicht sagen. Deswegen verrate ich dir, daß das Quatsch ist mit der Liebe. Weil das nämlich nur ein Gefühl ist, deine Liebe, und das ist die Wahrheit, meine Liebe.«

»Natürlich ist die Liebe ein Gefühl. Und eine große Liebe ist eben ein großes Gefühl, Vevi.«

Vevi deutete auf ihren Bauch. Der Bauch war ein bißchen groß und das Kleid eine Nummer zu klein. »Gefühl? Ein Gefühl hast du hier, wenn du eine Frau bist. Und wenn ein Mann was spürt, dann spürt er's auch hier an dieser Stelle. Wenn's hochkommt, dann steigt das Gefühl auch höher. Ein kleines Stückchen. Nicht viel. Nur bis hierhin.«

Vevi deutete auf ihr Herz. Maria lächelte.

Vevi und Herz. Vevi, die ihre Liebhaber unterm Gesichtspunkt der Nützlichkeit aussuchte. Wer Sekt hatte, konnte bei ihr landen. Wer keinen hatte, konnte es nicht.

Oder war Vevi ganz anders? Warum kümmerte sie sich so um Maria, diese Anfängerin? Vielleicht gab es in Vevi tief verborgen mütterliche Bedürfnisse. Deshalb sorgte sie sich um Maria.

»Wenn einer nicht da ist«, fuhr Vevi fort und kippte einen Cognac, »dann kannst du auch kein Gefühl für ihn haben. Dein Hermann ist nicht da. Dein Neger aber ist da, und er hat ein ganz deutliches Gefühl für dich, weil du eben da bist. Wärst du nicht hier, dann hätte dein Neger auch kein Gefühl für dich. So einfach ist das.«

»So einfach«, sagte Maria. »Und wer ist mein Neger?«

»Der mit dem Glas Tomatensaft am Tisch in der Ecke.«

Maria schaute hin.

Da saß ein kräftiger Schwarzer mit gutem Gesicht. Er blickte ein wenig traurig. Kunststück, dachte Maria, wer geht schon in die Bar und trinkt Tomatensaft! Dann dachte sie: Er sieht aus wie eine Bulldogge.

Sie schaute noch einmal hin und fand, er sähe einsam aus und erbärmlich verlassen.

Soll er allein bleiben. Du bist auch allein.

Als Maria etwas später wie unabsichtlich zu dem Schwarzen hinblickte, stand der auf und verbeugte sich in ihre Richtung. Maria lächelte ihm dankbar zu. Dann erschrak sie über ihr Lächeln und machte ein abweisendes Gesicht.

»Ausschaun tät er wie ein Gott, wenn er nicht grad schwarz wäre«, sagte Vevi.

»Ich hatte mir Gott eigentlich anders vorgestellt«, antwortete Maria.

»Vorher war der Schwarze ein ganz normaler Mensch«, spottete Vevi, »und jetzt hat er ein Gefühl und sitzt da wie gelähmt. Bloß ausgefragt hat er mich über dich. Und eine Erziehung hat er obendrein auch noch, wie man sieht. Er ist aufgestanden und hat sich vor dir verbeugt. So was kannst du mit der Laterne suchen.«

»Wie seh' ich aus?« fragte Maria.

Vevi musterte sie erstaunt.

»Wie du aussiehst? Gut siehst du aus. Warum fragst du?«

»Weil ich grad jetzt gut aussehen will, und weil ein anständiger Mensch einen Dank verdient.«

Maria marschierte auf den schwarzen Bill zu. Vevi blickte ihr verdutzt hinterdrein. Diese plötzlichen Entschlüsse bei der Kleinen...

Maria stand vor dem Schwarzen. Sie lächelte. Bill heißt du also, dachte Maria, die Vevi hast du ausgefragt nach mir.

Bill erhob sich. Maria verbeugte sich leicht und sagte ganz ruhig: »Will you dance, Mister Bill?«

Bill trat einen Schritt vor und legte seine Arme um sie. »Thank you, Frau Braun.«

Er kannte ihren Namen.

Was wunderte sie sich darüber! Sie wußte doch, er hatte Vevi ausgefragt. Also wußte er alles von ihr. Auch ihren Namen. Und daß sie verheiratet war mit Hermann. Das konnte ihr nur recht sein. Er sollte alles wissen. Sie war hier, weil sie nicht von der Luft leben konnte. Es war ihre Arbeit. Ihr Job. Und jetzt tanzte sie mit Bill, der sich für sie interessierte, und das gefiel Maria. Aber das gehörte auch zu ihrem Job.

Es war dunkel in der Bar. Rötlich gedämpftes Licht löste die

Plötzlich gedämpftes Licht löst die
tanzenden Paare
in schemenhafte Umrisse auf.

tanzenden Paare in schemenhafte Umrisse auf. Es roch nach Schweiß und Bier und Whisky. Es roch nach dem süßlichen Duft amerikanischer Zigaretten und nach dem Ziegelstaub der zerstörten, zerbombten Stadt. Maria sah nichts und roch nichts. Sie tanzte. Sie schloß die Augen und sah das Gesicht vor sich, das sie sehen wollte. Bill drückte sie an sich, Maria spürte den Druck, spürte, wie er stärker wurde. Als er ihr zu stark geworden war, gab sie nach und schmiegte sich an den kräftigen, großen Bill. Es waren viele Gefühle und Gedanken in ihr, und um sie herum waren Klänge und Worte und Blicke. Maria fühlte sich gut und ruhig und glücklich. Sie wartete auf etwas und war ganz sicher, daß es kommen würde. Es gab keinen Grund für Angst und Unsicherheit. Sie war vollkommen mit sich im reinen.

Sie blieb stehen.

Bill blieb ebenfalls stehen.

Sie hob ihre Hand gegen Bills Gesicht und zog die beiden Ringe voneinander ab.

»Hier«, sagte sie, »ich trage einen Ring unter diesem Ring.«

»Oh –«, erwiderte Bill. »Ich sehe.«

»Dann ist es gut«, sagte Maria. »Und nun laß uns weitertanzen.«

Die ruhige Bewegung ließ sie fast fröhlich werden. So hatte sie sich nicht wieder gefühlt seit dem Tag ihrer Hochzeit. Fast hatte sie vergessen, daß es ein solches Gefühl von Ruhe und Kraft gab. Sie spürte, wie sie ihrer immer sicherer wurde. Es war nichts mehr von diesem Zittern in ihr, nichts mehr von der lähmenden Schwere und Starre. Sie lächelte, gegen Bills Brust gedrückt, und ihr gelang das Lächeln ohne jede Anstrengung, denn es gab dabei nichts zu überwinden und nichts zu verbergen. Sie lächelte nicht, weil sie jemandem zuliebe lächeln wollte. Sie lächelte nur für sich selbst, und weil ihr danach war. In diesem Moment schien ihr, als sei sie die letzten Monate stets gebückt gegangen. Dort, wo Bills Hand auf ihr lag, seitlich unter dem Rücken und etwas über der Hüfte, dort hatte ein Schmerz gesessen. Sie war nicht ganz sicher, ob das wirklich stimmte, erst jetzt, da sie diesen Schmerz nicht mehr verspürte, wurde er ihr ganz bewußt. Ja, es hatte sie dort geschmerzt und gedrückt, ja, sie mußte wohl wie gebückt, krumm gegangen sein. Sie beugte sich hintüber. Der Druck von Bills Hand verstärkte sich. Bill hielt sie fest. Sie standen reglos still. Die Musik hatte aufgehört. Die Paare gingen an die Tische zurück.

Bills Hand hatte sich über Marias Hand geschoben.

»Ich weiß genau, was ich will«, sagte Maria.

Drittes Kapitel:

Wenn einer so ein Schwarzer ist

Frühmorgens war sie aufgestanden und zum Bahnhof gelaufen.

Die gemütliche Rotkreuzschwester, die sie schon kannte, lächelte ihr zu. Dann winkte sie Maria zu sich heran. Maria wollte gleich auf den Bahnsteig, aber sie ging zu der Frau in der gestärkten Schwesterntracht.

Auf dem Perron gegenüber fuhr der Zug ein.

Die Frau bot ihr Tee an, doch Maria lehnte ab und beobachtete aufmerksam den Transport. Hunderte von entlassenen Kriegsgefangenen verließen die Waggons. Manche wurden von wartenden Zivilisten begrüßt und umarmt. Andere standen erst starr auf einem Fleck und liefen dann langsam und zögernd los. Am Ziel angelangt, aber nicht wissend, wohin.

»Wollen Sie nicht doch einen Tee?« fragte die Schwester. Maria nahm den Pappbecher in die Hand und starrte auf die Männer.

»Überkreuz ist das Schlechteste nicht, meinen die Sanitäter.«

»Was ist das: überkreuz?« fragte Maria.

»Wegen der Symmetrie«, antwortete die Schwester. »Wenn es einen voll auf einer Seite erwischt, hat er's schwer, die Krücke zu halten. Einfacher ist es, wenn das linke Bein und der rechte Arm fehlen oder umgekehrt, dann kommt der Krüppel besser mit der Krücke zurecht.«

»Ich versteh'«, murmelte Maria, »überkreuz –«

»Ich seh' das nun schon seit Jahren«, erklärte die Rotkreuzschwester. »Wie die jetzt heimkehren. Meiner wär mir schon recht. So oder so. Wenn er nur überhaupt nach Hause käme. Aber meiner ist tot. Wie lange waren Sie eigentlich verheiratet?«

»Ich bin verheiratet«, sagte Maria.

»Ich meinte ja bloß – viel haben Sie nicht gehabt von Ihrer Ehe, oder?«

»Doch. Einen halben Tag und eine ganze Nacht.«

»Etwas wenig, nicht? Wenn's reichen soll fürs ganze Leben...«

»Waren Sie lange verheiratet?«

»Meiner ist gleich zu Anfang gefallen. In Norwegen. Erst war er bei der Marine, bis sein Schiff versenkt wurde. Das hat er überlebt. Durchs Eiswasser ist er geschwommen, da war brennendes Öl drauf. Später hat er an Land kämpfen müssen. Da ist er in eine Gletscherspalte gestürzt und war tot.«

»Witwe«, sagte Maria, »so lange schon Witwe –«

»Zum Trost haben sie mir ein Gemälde geschickt, mit Wellen drauf. Oben schwimmt ein Kranz mit Schleife, auf der steht: SIE STARBEN AUF DASS DEUTSCHLAND LEBE! Stellen Sie sich das vor.«

»So was schreiben die bei einem Toten?« wunderte sich Maria.

»Ein Bild mit dem Meer, und mein Mann ist in eine Gletscherspalte gefallen.«

»Ja«, sagte Maria, »ich glaube, die haben das ziemlich durcheinandergebracht. Aber wo heute die Berge sind, da war früher vor der letzten Eiszeit das Meer.«

Die Rotkreuzschwester fragte: »Sie kommen nun schon so lange hierher zum Bahnhof – weshalb sind Sie so sicher, daß Ihr Mann nicht auch tot ist?«

»Weil ich will, daß er wiederkommt.«

Maria ging langsam die Treppen hinab. Sie war gewiß, Hermann zu finden. Wenn er heute nicht kam, dann morgen. Wenn morgen nicht, dann übermorgen. Heimkehren würde er.

Als der Zug einfuhr, zog Maria das Pappschild, das ihr auf dem Rükken hing, nach vorn. In großen Buchstaben stand da aufgemalt:

WER KENNT HERMANN BRAUN? LETZTE NACH-

Maria Braun sucht Hermann Braun.

RICHT AUS DEM RAUM SMOLENSK...

Ein Bild Hermanns war auch mit aufgeklebt. Es zeigte ihn in Uniform. So hatte er ausgesehen während seines letzten Urlaubs, als sie geheiratet hatten.

Immer wenn ein Heimkehrertransport ankam, zog Maria sich das Schild nach vorn auf die Brust und trat ganz nahe an die Aussteigenden heran. Sie bewegte sich unaufhörlich. Möglichst viele der Ankommenden sollten die Schrift lesen und das Bild sehen.

War alles vorüber, schob Maria das Schild wieder auf den Rücken und wanderte meist noch einige Zeit die Bahnsteige entlang. Hier hielten sich oft noch zurückgekehrte Soldaten auf, die auf Anschlußzüge warteten oder unschlüssig waren, was sie tun sollten, weil niemand gekommen war, sie abzuholen. Maria hoffte, irgendwann auf jemanden zu treffen, der Hermann kannte. Es würde sich wohl um einen Zufall handeln. Doch Maria wäre auch mit einem Zufall zufrieden gewesen. Jedenfalls wollte sie keine Chance auslassen. Auch die letzte vage Möglichkeit wollte sie wahrnehmen.

Maria wanderte danach die lange Strecke vom Bahnhof durch die Stadt nach Hause, wobei sie es darauf anlegte, auch jetzt möglichst viele Menschen auf ihr Such-Schild blicken zu lassen. Fuhr Maria die Strecke mit dem alten Fahrrad, befestigte sie das Schild so am Lenker, daß es für die Passanten noch lesbar blieb.

Maria nahm Englischunterricht auf der Bank im Park. Es war Sonntag. Am Himmel stand eine helle Aprilsonne. Es war für die Jahreszeit zu warm. Bill deutete immer auf das, was er bezeichnete. Er sprach die Worte sehr deutlich aus.

»A bird.«

Maria sprach ihm nach: »A bird.«

»A tree.«

»A tree.«

Bill deutete auf sich: »I am black.« Er deutete auf Maria: »You are white.«

Maria sprach ihm nach: »I am black. You are white.«

Bill lachte: »No, the other way round.«

Maria stutzte. Tatsächlich, im Bemühen, Bill richtig nachzusprechen, hatte sie den Sinn dessen, was sie sagte, nicht erfaßt und etwas ganz Falsches gesagt.

Sie korrigierte sich: »You are black. I am white.«

Bill griff hinter die Bank und holte eine PX-Tüte hervor. Er begann sie auszupacken und alles in Marias Schoß zu legen.

»Chocolate!« rief Bill, die Schokolade hochhaltend.

Maria sprach ihm nach: »Chocolate.«

Bill griff in die Tüte und hielt hoch, was er ergriffen hatte: »Coffee!«

Maria sprach das Wort nach: »Coffee!«

Bill zögerte etwas, mit der Hand wieder in der PX-Tüte. Er blickte Maria unsicher an. Endlich zog er die Hand heraus.

»Nylons!«

Maria sah auf die begehrten modischen Strümpfe. Bills Hand war ganz ruhig. Sie zitterte nicht, während sie die gefragte Trophäe hochhielt, der deutschen Frauen liebstes Geschenk. Der meistgefragte Artikel, neben Zigaretten und Whisky; oder noch vor ihnen.

Maria nahm alle ihre Sprachkenntnisse zusammen und sagte: »No. You are not my lover, and I am not your mistress. You are my friend, my... Bruder...?«

Bill dachte nach. Dann fing er sich und fiel sofort in die Rolle des Englischlehrers zurück.

»Brother«, verbesserte er Maria.

»Brother«, sagte Maria erleichtert. »Yes, you are my brother.«

Bill steckte die Nylons in seine Jackentasche. Schokolade und Kaffee kamen zurück in die Tüte. Er gab die Tüte Maria. Sie nahm sie und sprang auf. Bill blieb sitzen. Maria beugte sich vor und küßte Bill auf die Stirn.

Sie dachte nicht: Mädchen, Mädchen, hast du ein Schwein mit deinem Schwarzen. Sie dachte überhaupt nichts. Sie hatte sich etwas vorgenommen und lebte so, wie sie es sich vorgenommen hatte. Bill blieb im Park sitzen, die Hand auf den Nylons in der Jackentasche. Maria schwenkte die PX-Tüte. So kam sie heim. Da war alles ganz anders.

Willi saß in der abgerissenen Uniform des Kriegsheimkehrers am Küchentisch und bewegte noch die Kiefer, obwohl er nicht mehr sprach. Er war hoch aufgeschossen, das fiel bei ihm noch im Sitzen auf. Und er war dünn. Sein Gesicht war noch blasser und schmaler als sonst. Die Augen lagen tief. Die Stimme war heiser, als falle ihm das Sprechen schwer. Es waren ihm aber mehr die Worte schwergefallen.

Die Mutter saß da und starrte Betti wütend an. Betti wischte sich mit der einen Hand die Tränen aus den Augen, mit der anderen Hand hielt sie Willi gepackt, als könne er wieder davongehen. Willi dachte nicht daran davonzugehen. Er war heilfroh, endlich wieder daheim zu sein. Nur der Gang in die Wohnung der alten Freunde hatte ihn belastet. Es wäre so schön gewesen, hier einzutreten und sagen zu können: Guten Tag, ihr Lieben, ich bin wieder da... seht her... da bin ich...

Aber er hatte nicht einfach daherkommen können. Verdammt schwergefallen war ihm der Gang. Zwei Tage war er schon zurück und bei Betti. Erst heute hatte er sich hergetraut.

Die Mutter fuhr Betti zornig an: »Was heulst du denn, du dumme Gans! Der deine ist ja nicht tot. Da sitzt er neben dir. Du hältst ihn fest. Du kannst ihn anfassen. Nun freu dich schon, daß du ihn wiederhast und es ihm nicht genauso ergangen ist wie Hermann.«

Betti heulte darauf noch stärker, und die Mutter fing auch wieder an zu heulen. Willi zog Betti an sich, dann klopfte er der Mutter beruhigend auf den Rücken.

»Er hat ja nicht leiden müssen, der Hermann. Es ging ganz schnell, für ihn und für die andern. Durchgekommen soll kein einziger sein, heißt es. Na, und die elenden Zeiten im Gefangenenlager sind ihm auch erspart geblieben.«

Er redete so daher, aber man sah ihm an, er glaubte seine eigenen Worte nicht. Alle starrten vor sich hin. Ein Schlüssel wurde in die Tür gesteckt und umgedreht. Die Mutter blickte zur Tür, ihre Hände umklammerten die Stuhllehne.

Maria trat fröhlich ein. Unterm Arm die große PX-Tüte. Sie hielt die Tüte vor sich hoch und rief: »Ich bin's!«

Etwas an ihrem Schuhband ließ sie einhalten und sich bücken. Sie sprach dabei weiter: »Stell dir bloß vor, was ich mitbringe! Nein, das kannst du dir gar nicht vorstellen...«

Sie richtete sich auf und erblickte Willi. Sie stürzte auf ihn zu: »Willi! Du! Du bist zurück? Betti, du hast ihn wieder?«

Sie umarmte Betti und Willi abwechselnd und war vor Freude ganz aus dem Häuschen. Die Mutter weinte tonlos, Willi blickte verlegen zur Seite, und Betti wischte sich immer die Augen.

Maria wurden die Augen ebenfalls feucht.

»So was Blödes... Das ist doch einfach verrückt. Statt daß wir uns freuen, weil ihr euch wiederhabt und weil der Willi heil ist, stehen wir hier und heulen...«

Sie zuckte mit den Schultern. Sie zitterte am ganzen Körper. Es war kein Wort über Hermann gesprochen worden, doch schien sie jetzt zu begreifen.

Sie trat zum Spülstein und wusch sich das verheulte Gesicht ab. So mit dem Rücken zu den anderen stand sie und wartete.

Die drei hinter ihr starrten auf ihren reglosen Rücken. Es war, als atme keiner mehr im Raum. Der Mangel an Worten und Bewegungen und Luft wurde zur Qual. Jeder wartete darauf, daß der andere zu reden anfinge.

Willi sagte: »Der Hermann ist tot.«

Maria hörte Willi sprechen und dachte: Seine Stimme klingt noch genauso wie früher. Es hat sich nichts geändert. Er ist der alte geblieben. Erst jetzt begann sie den Sinn von Willis Worten zu erfassen.

Sie richtete sich über dem Spülstein auf. Stand aufgerichtet, wie erstarrt. Das Wasser lief plätschernd aus der Leitung und ergoß sich über ihre Hände.

Sie wandte sich um und ging zur Tür. Die Hände hingen ihr naß und als gehörten sie gar nicht mehr zu ihr herunter; es war, als gäbe es in ihren Armen und Händen keine Bewegung mehr.

Das Wasser lief weiter.

Man müßte den Wasserhahn zudrehen, dachten die Zurückgebliebenen. Keiner drehte ihn zu. Das Geräusch des plätschernden Wassers war ihnen lieber als die Stille, die dann einträte. Sie wußten nicht, was sie sagen sollten, und sie hatten Angst davor, etwas zu sagen. Es gab keine Worte mehr, und das Geräusch des rinnenden Wassers vernahmen sie fast mit Dankbarkeit.

In der Bar fehlte Maria einen Tag. Eine Nacht war es, genauer gesagt. Es gibt Tagesbetriebe und Nachtbetriebe. Eine Bar ist ein Nachtbetrieb.

Bronski rief Maria, als sie danach wieder antrat, gleich zu sich ins Büro.

Er war ein Mensch, der sich mit Kriegsende auf den neuen, beginnenden Frieden eingestellt hatte. Er war ganz und gar auf Nachtbetrieb eingestellt. Am Tag schlief er, und zwar mindestens bis in den späten Nachmittag. Danach schlich er, in einen riesigen, viel zu weiten fleckigen Morgenmantel gehüllt, durch die Räume seines Etablissements. Es war so unordentlich wie seine Bar. Überall lagen Flaschen herum, alte Klamotten, Kisten, kaputte Möbel. Bronski trug seinen Morgenmantel wie eine Uniform. Der verschmutzte, zerfallende Seidenstoff und der Zustand um Bronski herum ergänzten einander. Bronski hatte im Krieg zu lange eine Uniform tragen müssen. Er hatte zu lange peinlich sauber und mit kurzem Haarschnitt antreten müssen. Bronski hatte irgendwann in seinem früheren Leben darauf verzichtet, sich zu empören. Seitdem sprach er wie ein Doktor, der einen Krebsbefund bekanntgibt und sich's nicht leisten kann, die Strapazen von Gefühlen auf sich zu nehmen. Bronski hatte sich ins Unvermeidliche gefügt. Sein Gesicht wies seitdem Spuren von Trauer auf. Seine Stimme hatte gelitten. Maria mochte Bronski, denn sie verstand ihn, und sie fühlte, er verstand sie auch. So nahm sie ihm nicht übel, daß er ihr jetzt kurz und bündig kündigte.

Wenn Maria vor Bronski stand, war ihr, als stecke sie zugleich in Bronski drinnen und spräche aus ihm heraus. So gut durchschaute sie den Mann. Es fehlte zwischen ihnen die Distanz, die die Menschen einander fremd werden läßt.

Bronski blickte, während er mit Maria sprach und sie entließ, nicht auf. Er rollte Münzen in Papierstreifen.

Er fühlte sich dabei nicht wohl, und deshalb wollte er Maria nicht ansehen. Er fürchtete, weich zu werden und die eben ausgesprochene Kündigung zurückzunehmen. Er fürchtete auch, wütend auf sich selbst zu werden, denn wenn er weich wurde und die Kündigung zurücknahm, dann würde er anschließend mit Sicherheit auf sich wütend werden. Er wollte nicht weich sein und menschlich und verständnisvoll. Wo käme denn ein cleverer und kühler Geschäftsmann hin, wenn er sich so gehen ließe? Er hatte sich entschieden, ein gewiefter Barbesitzer zu sein. Also hatte er aufs Geschäft zu achten. Gute Gefühle konnte er sich nicht leisten.

Maria aber blieb einfach vor ihm stehen. Darauf war er nicht vorbereitet. Das warf sein ganzes strategisches Konzept über den Haufen. Er konnte diese Maria Braun sowieso nicht als Pluspunkt fürs Geschäft buchen. Da hätte die Kleine schon anders rangehen müssen. Eine Bardame war schließlich keine Nonne. Das müßte man der Maria mal ganz deutlich sagen. Zum Glück brauchte er es ihr nicht mehr zu sagen, denn er hatte ihr ja eben gekündigt. Sehr schön, wie man sich durch die eine Unannehmlichkeit die andere ersparte.

Bronski blickte auf und sah, daß Maria weinte.

»Solche Bardamen suche ich schon lange, die zittern und heulen; so was lockt die Kundschaft an«, knurrte er.

Maria sagte: »Ist schon Schluß mit den Tränen – es ist nur –«

»Was?« fragte Bronski.

»Mein Mann ist tot. Vorgestern erhielt ich die Nachricht.«

»Deshalb bleibt man doch nicht unentschuldigt von seiner Arbeit weg. Wenn das alle Witwen machten, wo kämen wir denn da hin?«

»Ich werde keinen Abend mehr fehlen«, sagte Maria. »Sie waren doch sonst ganz zufrieden mit mir.«

Bronski kam hinter seinem Schreibtisch hervor und stellte sich dicht vor Maria auf. Er legte ihr die Hände auf die Schultern.

»Sieh mich an«, sagte er. »Zufrieden soll ich sein? Mit dir? Da fehlt aber noch viel, das weißt du genau.«

»Ich werde alles tun, was Sie wünschen«, erwiderte Maria.

Bronski ließ die junge Frau los.

»Alles?« Er setzte sich wieder zu seinen Münzen, zählte und rollte sie in kleine Papierstreifen.

»Wir werden sehen«, setzte er hinzu. »Jetzt marsch an die Arbeit mit dir!«

Als das Stadtviertel noch ein intaktes Stadtviertel gewesen war, konnte man mit dem Wagen vom Kirchplatz bis zum Franzosenpark durchfahren. Nach dem Krieg dauerte es fünf Jahre, bis die Ruinen so weit aufgeräumt und alle Straßen von den Trümmerhaufen freigeschaufelt waren.

Wenn Maria morgens mit dem Taxi von der Bar heimkehrte, hielt der Fahrer zweihundert Schritt vor ihrer Wohnung an. Weiterfahren wäre zu riskant gewesen.

Maria beeilte sich und suchte das letzte Wegstück, einen schmalen Trampelpfad durch Mauertrümmer und riesige Steinhalden, rasch hinter sich zu bringen.

Auf halber Strecke war rechterhand ein Stück Keller freigeschaufelt worden. Darin hatte sich einer eingerichtet, der vom Schwarzmarkt lebte, ein netter, umgänglicher Kerl, solange er nichts getrunken hatte.

Morgens, wenn Maria von der Arbeit kam, hatte er oft einen sitzen. Wen er um diese Zeit traf, den pöbelte der angetrunkene Schieber gern an.

Als er die junge Frau kommen sah, kroch er aus seiner Ruinenbehausung hervor und streckte die Arme nach ihr aus.

»Ich bin krank«, stammelte er, »mir hängt was zwischen den Beinen, das wird ganz hart und groß. Willst du nicht mal nachsehen, Mädchen?«

Maria bemühte sich, an dem Mann vorbeizukommen. Angst hatte sie nicht vor ihm. Er war nicht gewalttätig. Sie wich von dem schmalen Trampelpfad zur Seite aus und stöckelte durch Mörtelbrocken und Mauersteine. Fast hatte sie den Betrunkenen hinter sich, da verfing sich ihr Bleistiftabsatz in einem Ziegelloch, und Maria stürzte zu Boden.

Gleich war der Kerl bei ihr und brabbelte auf sie ein.

»Lassen Sie mich in Ruhe!« sagte Maria.

Er redete immer weiter.

Maria hatte sich aufgesetzt, schlüpfte aus den Pumps und hielt sie in der Hand. Der eine Absatz war abgebrochen. Sie ließ den kaputten Schuh fallen und blickte auf den Besoffenen. Plötzlich packte die junge Frau eine solche Wut, daß sie nicht wußte, was sie tat. Sie schlug mit dem heilen Schuh nach dem lästigen Mann. Der Bleistiftabsatz traf den Kerl zwischen die Zähne.

Das Eisenplättchen vom Absatz riß ihm die Lippen auf. Er spuckte Blut und einen ausgebrochenen Zahn in die Trümmer. Der Mund des Mannes war ganz rund und rot, unverständliche Laute quollen zwischen den geplatzten Lippen hervor.

Ihre Schuhe in Händen, auf den teuren Nylons gehend, entfernte sich Maria, ohne ein einziges Mal zurückzublicken.

Die Mutter saß am Küchentisch, hörte Radio und rauchte eine Chesterfield.

»Ist was?« fragte die Mutter.

»Nein. Warum?«

»Und woher kommt das Blut an deiner Hand?«

Maria blickte auf ihre Rechte. Sie war rotverschmiert.

Die junge Frau trat ruhig an die Wasserleitung und drehte den Hahn auf. Es tat wohl, als das kalte Wasser über ihre Hand lief.

Maria reinigte sich sorgfältig und trocknete sich ab.

»Mach mir 'ne Tasse Kaffee, bitte«, sagte sie.

Die Mutter hantierte am Herd. Dann saßen die beiden Frauen einander gegenüber.

»Es ist also doch was?« fragte die Mutter.

»Seit Wochen kommt einer in die Bar«, sagte Maria, »an den werde ich mich halten.«

Die Mutter lehnte sich zurück, stieß den Rauch aus und erwiderte zufrieden: »Gut so. Ein Mann muß ins Haus.«

»Er heißt Bill«, sagte Maria.

»Bill ist ein schöner Name.«

»Bill ist auch ein schöner Mann«, sagte Maria. »Außerdem ist er schwarz.«

»Was ist er?«

»Er ist schwarz, Mama.«

»Hm«, sagte die Mutter, »ein Neger. Na ja.«

Sie stand auf und schüttete das kochende Wasser in ein kleines Kaffeekännchen.

»Trinkst du nicht mit?« fragte die Tochter.

»Nein, ich hab' meine zwei Tassen schon weg. Man darf die guten Sachen nicht verschwenden.«

Maria trank und sagte freundlich: »Du mußt nicht mehr so sparen, Mama. Für deinen Kaffee und die Zigaretten sorge ich schon.«

»Ob schwarz oder weiß, Hauptsache, er ist ein starker, guter Kerl mit Mumm in den Knochen. Einer, der uns Holz ranschleppt und mit dem Beil umgehen kann. Hat er Kraft, dein Schwarzer? Wir brauchen viel Brennholz, die Wohnung ist kalt.«

»Er hat Kraft«, sagte Maria.

»Hm. Aber das sag' ich dir: Wenn du mit ihm so umgehst wie mit dem Schieber vorhin, den du auf deinen Absatz hast beißen lassen, also da wird es kein Mann lange mit dir aushalten.«

»Ach, du hast mich beobachtet?«

»Mutter sieht alles, Maria, merk dir das.«

Maria dachte: Sie hat es gesehen. Als ich vorhin heimkam, hat sie es nicht gezeigt. Ganz erstaunt gab sie sich – Blut ist an deiner Hand, Maria. Dabei wußte sie genau Bescheid. Sie ist durchtrieben, hinterhältig und gefährlich. Daß ich Bill mitbringe, erlaubt sie nur, weil sie einen zum Holzhacken braucht. Sie denkt immer nur an sich. Darin besteht ihre Stärke.

Vielleicht aber tat sie der Mutter damit Unrecht. Die Mutter war älter, erfahrener und klüger. Sie dachte auch gar nicht nur immer an sich. Sie dachte genauso an Maria. Nur geschah das auf die ihr eigene Weise. Die Mutter hatte in den langen Jahren gelernt, sich auf den Lebenskampf, der von ihr gefordert wurde, einzustellen. Die Mutter hatte als erste die großen Tabaksblätter Marke Eigenbau aufgetrieben und am Herd zum Trocknen aufgehängt. Dabei verabscheute sie diesen Tabak. Nicht ausstehen konnte sie den Geruch. Doch verstand sie sich auf eine Vielzahl kleiner Tauschgeschäfte, und am Ende hatte die Mutter eine Menge von dem schlechten Tabak gegen

Maria Braun.

Ihr Freund Bill (George Byrd).

ein bißchen guten Tabak eingetauscht oder gegen ein paar Ami-Zigaretten. Nichts ging für die Mutter über eine Ami-Zigarette. Notfalls gab sie sogar Essen dafür weg. Die Mutter hatte es fertiggebracht, von dem Brot, das Maria gehörte, eine Scheibe heimlich abzuschneiden und mit Öl, das sie ebenfalls heimlich gekauft hatte, zu beträufeln. So aß die Mutter, und wenn Maria unverhofft dazwischenkam, wurden Brot und Öl schnell versteckt. Dann wieder lief alles umgekehrt. Die Mutter brachte ihre Schätze an und steckte sie der Tochter zu. Vielleicht schaffte sie auf diese Weise den Ausgleich. Die Menschen waren immer unterschiedlich hungrig. Das war auch bei Maria und der Mutter so. Manchmal war die Mutter immerzu hungrig, und Maria machte es nichts aus, die Mutter kauen zu sehen. Dann wieder spürte Maria einen entsetzlichen Hunger, und offenbar war jetzt die Mutter satt.

»Also«, sagte die Mutter, »dann erwarte ich euch morgen, dich und deinen Bill, und damit du siehst, wie gut ich es mit euch beiden meine, werde ich den beiden Turteltäubchen das Doppelbett freimachen. Ist es dir recht so?«

Ei, dachte Maria, das ist bei ihr in der Liebe wie mit dem Essen. Im Moment braucht sie nichts, und da leiht sie sogar ihre Ehebetten her. Sie hat gerade ihre großzügige Strähne. Mal sehen, wie lange das anhält.

»Danke, Mama«, sagte Maria. »Morgen werde ich Bill mitbringen. Es ist also abgemacht. Morgen.«

»Ja, morgen«, erwiderte die Mutter. »Morgen wird wieder ein Mann im Haus sein. Es ist zwar ein Schwarzer, aber es ist ein Mann, und vielleicht kein übler.«

Viertes Kapitel:

Der Dreikampf

An diesem Abend kam Maria in die Bar, sah und begrüßte niemanden, hing den Mantel auf einen Bügel und suchte durch die Tanzenden wie blind ihren Weg. Man machte ihr Platz.

Es war aber auch, als wüßten die Barbesucher Bescheid. Vor Maria bildete sich ein schmaler Durchgang. Sie erkannte Bill an seinem Tisch, vor ihm stand wie immer das Glas Tomatensaft.

Maria war ganz ruhig. Sie neigte leicht den Kopf: »Would you like to dance with me?«

Bill wollte lächeln und erschrak. Er erhob sich und legte die Arme um Maria.

Sie stand vor ihm und weinte lautlos.

Bill begann sie sanft zu wiegen, im Rhythmus der Musik, nach dem alle tanzten.

Maria sagte: »My – husband – is – ist – tot. Verstehst du – tot... Bleib bei mir heut nacht, Bill.«

Die Bilder dieser Nacht blieben vor ihr stehen. Immer verdrängte ein Bild das andere, und sie wußte nicht, wie alles geschah. Später wußte sie, es gibt im Leben jedes Menschen eine Zeit, da hat er sich ganz in sich selbst zurückgezogen. Er empfindet nichts. Keinen Schmerz und keine Freude. Er lebt wie jemand, der durch eine Gemäldesammlung geht und sich gar nicht für die Bilder interessiert. Maria fühlte sich wie in einem Kino, in das man sie wider ihren Willen geschleppt hatte. Sie saß da und starrte auf das, was man ihr

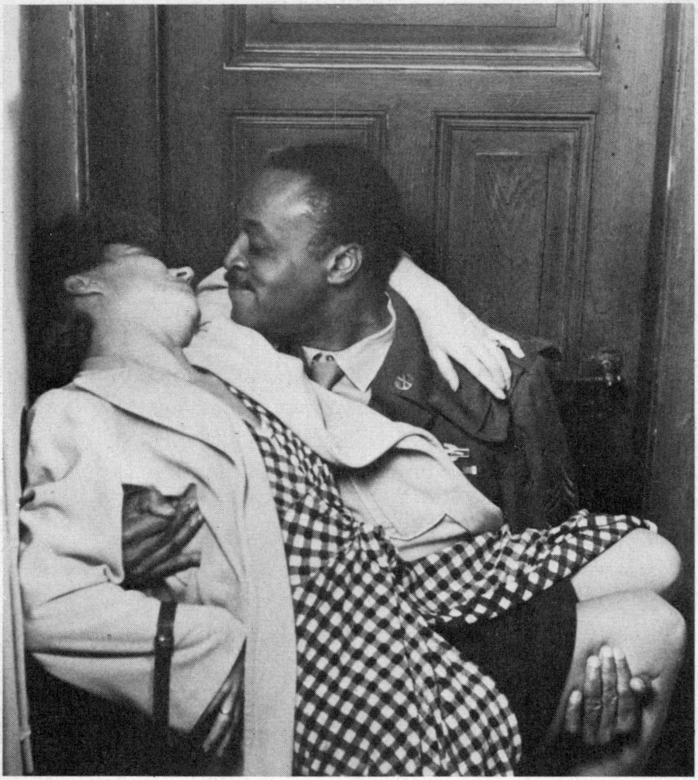

Maria legt den Kopf an
Bills Schulter.

zeigte, und sie war gleichzeitig nicht da. Sie beobachtete Bill, der sich aufs Bett gesetzt hatte und langsam seine Schuhe auszog. Sie saß hinter Bills breitem Rücken und sah Bill zu und sah, wie Bill um das Bett herumkam und sich bückte und ihr die Schuhe auszog. Sie dachte: Du mußt dich jetzt bewegen, Bill bewegt sich, du hast ihn gebeten, dich mitzunehmen, du darfst nicht so reglos und starr bleiben, wie du jetzt bist. Sie streifte das Kleid über den Kopf und hielt es vor sich mit beiden Händen. Sie legte das Kleid, es vorsichtig glatt streichend, über eine Stuhllehne. Bill wollte sich ausziehen und stand auf der Seite des Bettes, wo sie sein wollte. Maria sagte: »Nein, die andere Seite.«

Bill blickte sie erstaunt an. Er sah aus, als wäre er überrascht. Vielleicht hatte er angenommen, sie könne nicht sprechen. Vielleicht war sie selbst der Meinung gewesen, nicht mehr sprechen zu können, und so wunderte sie sich über ihre Worte. Offenbar war sie nicht stumm. Offenbar lebte sie noch. Offenbar hatte sich sonst nichts weiter geändert in der Welt dort draußen, in der man leben mußte, auch wenn man nicht leben wollte in ihrer Kälte.

Bill ging um das Bett herum auf die andere Seite. Er stand da und warf noch einen unschlüssig-besorgten Blick auf Maria. Er wußte nicht, wie er sich verhalten sollte und was von ihm verlangt würde. Weil ihm nichts weiter einfiel, zog er sich mit kurzen, schnellen Bewegungen Hose und Hemd aus und ließ sich rücklings ins Bett fallen. Die Geräusche waren das erste, was Maria wieder ganz normal wahrnahm. Das Bett knarrte ebenso, als Maria sich an Bills Seite legte. Als sie lag, fühlte sie sich erschöpft wie nach einer langen Arbeit. Es würgte sie in der Kehle. Sie spürte keinen Schmerz, aber einen Druck, der nur nachließ, um desto stärker zu werden.

»Das schafft dich«, sagte Bill, »du bist müde und kaputt und wie ein Hund, den man fortträgt.«

Maria legte den Kopf an Bills Schulter und entschlief. Im Einschlafen machte sie eine nicht ganz vollendete Geste, fuhr sich mit dem Daumen in den Mund, dann fiel die Hand wieder zurück, und die Lippen schlossen sich. Bill knipste vorsichtig die Nachttischlampe aus. Seine andere Hand hielt er still. Eine Strähne von Marias

Maria ist trunken
vor Freude.

Haar lag über der Hand. Bill spürte sie zwischen seinen Fingern als ein Streicheln, das er sanft zurückgab.

»Es ist schön mit dir, Bill«, sagte Maria. »Ich war gerade sehr glücklich.«

»Nur gerade, Maria?«

»Ich bin immer glücklich, wenn du bei mir bist, Bill.«

»Dann ist es sehr einfach: Sind wir immer zusammen, sind wir immer glücklich.«

»Vielleicht.«

»Nicht vielleicht. Bestimmt.«

Das waren unbestimmbare Tage. Es war alles in der Schwebe. Alles – außer dem einen, daß Hermann tot war. Eine kurze Ehe hast du geführt, Maria Braun. Eine verdammt kurze Ehe. Einen halben Tag und eine ganze Nacht und viele Jahre Warten und Hoffnung.

Kein Grund mehr, zum Bahnhof zu rennen.

Bill und sie gingen tagsüber gern ins Wäldchen am Hang.

Sonntags schlossen sich die anderen an, Mutter und Willi und Betti. Betti machte ganz runde erstaunte Augen, wenn sie sah, wie Maria mit Bill sprach.

Willi wandte den Kopf weg, wenn Maria Bill streichelte.

Willi dachte an Hermann.

Er malte sich aus, er selber wäre draußen geblieben.

Willi stellte sich seine Betti vor. Wie die sich dann wohl benähme. Er versetzte sich an die Stelle eines Toten und reagierte mit der Eifersucht eines Lebenden.

Maria dachte nicht mehr oft an Hermann. Sie hatte auf ihn gewartet, wie nur eine Frau auf ihren Mann warten kann. Er war tot, und Tote kehren nicht zurück. Vevi hatte recht. Maria lebte. Bill lebte. Sie beide lebten. Hermann lebte nicht mehr.

Seit sie das wußte, spürte sie die Liebe dort, wo Vevi sagte, daß sie sei.

Und ein Stück höher.

»Ich hab' was für dich«, sagte Bill.

»Du sollst mir nicht soviel schenken.«

»Diesmal ist es etwas anderes«, sagte Bill. Er hielt einen Ring in der Hand. Das Gold glänzte zwischen seinen braunen Fingern mit den schönen violetten Halbmonden der Nägel.

Maria hob sich auf die Fußspitzen und küßte Bill. »Nein«, sagte sie leise, »ich werde diesen Ring nicht annehmen. Ich will mit dir zusammen sein. Ich hab' dich lieb. Aber ich werde dich nie heiraten. Verheiratet bin ich mit meinem Mann.«

Bills gutes, großes Gesicht verfinsterte sich.

Sie gingen durch den Park. Der Wind entlockte den frischen, grünen Ahornblättern ein leise raunendes Geräusch. Eine Haarsträhne wehte Maria tief in die Stirn. Die Sonne hing am hellblauen Frühlingshimmel. Bills rechte Hand faßte nach der Linken der jungen Frau. Maria lächelte und flocht ihre dünnen Finger zwischen die Finger des Freundes. Sie hielt im Gehen inne und blickte auf das Fingerflechtwerk.

»Schichttorte«, sagte Maria.

Bill verstand nicht und blickte sie fragend an.

»Ein Gebäck«, erklärte Maria, »helle Kekse und dazwischen dunkle Schokoladencreme. Gab es früher bei uns zum Kindergeburtstag. Ich meine, als es hier noch Schokolade und Kekse gab.«

»Every day is your birthday now«, sagte Bill zärtlich. »Wenn du willst, kannst du jeden Tag Schichttorte essen.«

»Ja«, antwortete Maria. »Aber jetzt bin ich erwachsen. Und ich möchte nicht alle Tage Geburtstag haben. Doch deine Sprache will ich lernen, Bill, du mußt mit mir wieder mehr üben, o.k.? Versuchen wir's noch mal?«

Bill: »A bird. Kannst du das noch?«

Maria: »A bird.«

Bill: »A tree.«

Maria: »A tree.«

Bill: »I am black. You are white.«

Maria: »I am black. You are white.«

Bill: »No, the other way round.«

Maria: »No, the other way round.«

Maria stutzte.

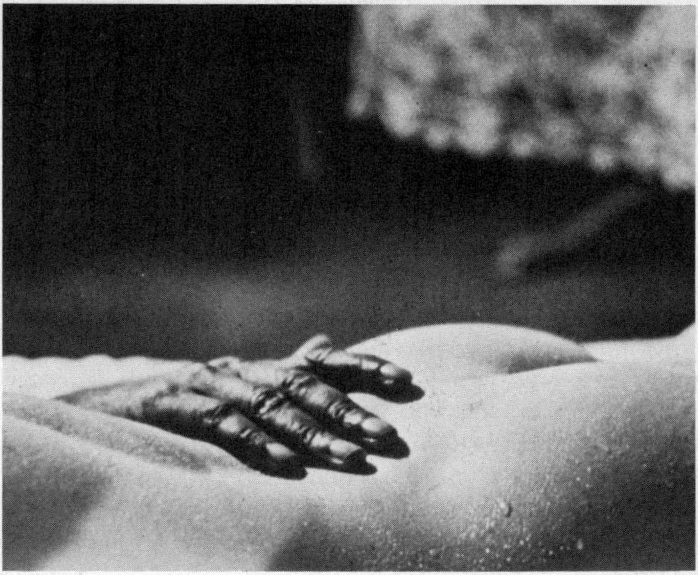

Es sind unbestimmbare Tage.
Bill lebt.
Sie beide leben.

Bill lachte laut auf: »Da bist du schon mal drauf reingefallen.«
Maria: »You are black. I am white.«
»It's correct«, sagte Bill und wies auf eine Bank. »Take place.«
Sie setzten sich und mußten beide lachen.
»Black and white«, sagte Maria, »wie der Whisky in der Bar. But you prefer tomato juice –«
»You are nice«, sagte Bill, »you are very nice.«
Ein älteres Paar näherte sich und nahm zögernd neben ihnen auf der Bank Platz.
Bill deutete auf Marias Augen und sagte: »These are your eyes.«
Maria deutete auf ihre Augen und erklärte: »These are... me... my eyes.«
Bill: »These are your lips.«
Sehr zärtlich und wie aus Versehen berührte er dabei Marias Mund mit seiner Hand. Maria berührte mit ihrem Zeigefinger Bills Hand, als sie auf ihre Lippen deutete: »These are my lips.«
Maria und Bill blickten sich lange auf den Mund und in die Augen.
Der Mann und die Frau, die sich so zögernd neben sie gesetzt hatten, erhoben sich demonstrativ.
Die Frau schaute böse auf Maria und zischelte: »Amiliebchen! Niggerhure!«
Die beiden entfernten sich. Ihre Schritte knirschten auf dem Kies. Die Deutschen haben den Krieg verloren, dachte Maria. Deshalb reagieren sie nun so oft böse und falsch. Weil sie es nicht verwinden können, verloren zu haben.
Bill fragte: »What did she say?«
Maria deutete eine Umarmung an. »Sie haben es nicht gern, wenn eine Deutsche einen schwarzen Amerikaner liebt.«
Bill wurde ernst. Er besann sich und sagte freundlich: »When I am your lover, and you are my mistress.«
Maria wiederholte ganz locker und so, als seien sie in ihrem Sprachkurs von den anderen nicht unterbrochen worden: »When you are my lover, and I am your mistress.«
Sie lachten. Plötzlich hielten sie inne und wurden ernst. Blickten sich an und dann verlegen zur Seite. Es war viel in ihnen, das sie wis-

sen ließ, wie sehr sie zusammengehörten. Es war ebensoviel in ihnen, das sie wissen ließ, wieviel sie trennte.

Maria und Bill waren einander zugleich nah und fern.

Maria hatte lange gezögert. Endlich ging sie zum Arzt. Diesmal fiel ihr auf, wie sehr der Doktor verwandelt war. Bei ihrem ersten Besuch hatte sie das nicht bemerkt. Sie hatte ihn mit den Augen der Kindheit gesehen. Nicht wie er inzwischen geworden, sondern wie er gewesen war. Ihr Blick hatte Verspätung.

Jetzt sah sie sein Alter, seine Hinfälligkeit. Die Hände zitterten ihm. Die Augen waren trübe und flackerten.

»Ja«, sagte der Arzt.

»Ist es ganz sicher?«

»Ganz sicher.«

Sie umarmte den Doktor: »Ich freu' mich ja so!«

Der Arzt deutete auf ihren Leib. »Das Kind sitzt dort drinnen. Ich weiß nicht, ob es sich Zeit genug läßt. Manche kommen zu früh heraus, so früh, daß sie noch nicht fertig sind und gleich wieder weggehen. Du wirst vorsichtig leben müssen, Maria.«

»Sie werden mir helfen, mein Kind zur Welt zu bringen, Doktor?«

»Ich kann nichts versprechen. Ich bin zu alt zum Leben und zu feig zum Sterben.«

»Sie machen mir Angst, wenn Sie so reden.«

»Dann sag' ich's dir anders, Maria. Ich hör' hier auf und ziehe zu meiner Tochter in den Schwarzwald, weil meine Hände doch so arg zittern.«

»Ich werde mit der Bahn zu Ihnen fahren, Doktor. Sie haben mich auf die Welt geholt, Sie sollen auch meinem Jungen dabei helfen.«

»Die kleine Maria – und so energisch!«

»Ich werde den Jungen bei Ihnen kriegen – es wird doch ein Junge?«

»Die Chancen stehen nicht schlecht.«

»Wirklich nicht?«

»Na, so halbe-halbe.«

»Doktor, ich hab' das Gefühl, Sie nehmen mich nicht ernst.«
»Hast du für den Jungen denn einen Vater?«
»Geht's vielleicht ohne? Der Vater ist schwarz. Und mein Sohn wird Hermann heißen.«

Am Sonntag lagen sie wieder auf der Wiese am Hang. Willi und Betti etwas beiseite, die Mutter neben Bill. Die Mutter, die sich verjüngte, als wäre sie mit Bill intim. Marias Mutter, die schnell war im Genießen. Lag irgendwo eine Packung Chesterfield, war's bald eine leere Packung. Die Frau, die zusah, daß sie nicht zu kurz kam.

Marias Mutter nahm Sprachunterricht, stieß Bill an und fragte: »Is it not beauty, Mister Bill?«

Bill antwortete auf deutsch: »Es ist wunderschön.«

»Sie müssen mich immer verbessern, wenn ich etwas falsch mache.«

Maria lächelte: »Du sagst besser ›beautiful‹, Mama.«

»Beautiful – ›voll der Schönheit‹. Have you such land in America?«

»Not like this. Anders«, sagte Bill. »Voll der Schönheit – ist das ein deutsches Sprichwort?«

»Nein, es ist die Übersetzungskunst meiner Mutter.«

»Ach, Bill«, sagte die Mutter, »thank you for the good Essen, Mr. Bill.«

»Dinner«, korrigierte Maria.

»Lunch«, korrigierte Bill.

»Beautiful«, sagte die Mutter. »Ihr seid ein schönes Paar, ich will rasch ein Foto von euch machen.«

Willi und Betti liefen über die Wiese, entfernten sich von den anderen.

»Was denkst du?« fragte Betti.

»Ich denk' darüber nach, ob es möglich ist, nichts zu denken.«

»Geht es?«

»Ich glaub' ich kann's nicht.«

»Ich weiß, was du denkst, Willi.«

»So?«

»Immer dasselbe: Ob ich mich auch so rasch getröstet hätte wie Maria, wenn du nicht zurückgekommen wärst?«

»Hättest du?«

»Es fehlt mir an Phantasie, an Lebenskraft.«

»Dabei wünschte ich es, Betti, ich wünschte es wirklich.«

»Wie bitte?«

»Ich wünschte es, weil ich dich liebe, Betti.«

Weil es in ihrem Leben nicht viele glückliche Tage gegeben hatte, nahm Maria die wenigen Tage des Glücks besonders heftig wahr. Sie besaß eine Kraft, von der sie nichts wußte, die sie nicht einmal ahnte. In den Sonnenstunden vergaß sie die Schattenseiten. Sie war dann so, daß ihre Mutter den Kopf schüttelte und Willi eifersüchtig reagierte. Dabei hätte die Mutter sie verstehen müssen. Sie war genauso stark wie sie, genauso vital. Oder sollte man besser sagen: egoistisch? Immer meinte Maria, die Mutter gönne ihr das Glück nicht, rechnete alle ihre Freuden auf und fände sich benachteiligt. Die ältere Frau beobachtete eifersüchtig die junge Frau.

Bill umfaßte Maria auf der Treppe und trug sie die letzten Stufen zur Wohnung hoch. Maria dachte nicht ans Heiraten. Sie benahm sich nur so.

Maria strampelte und rief: »Ich bin nicht krank! Ich bin schwanger!«

Bill wirbelte mit der jungen Frau in seinen Armen ein paarmal um sich selbst. Er schöpfte mühsam Atem und sagte: »Schwanger. Das ist ein Elefantenwort.«

Vor der Wohnungstür fragte der Mann leise: »Schließt du auf – für uns drei?«

Maria, immer noch auf Bills Armen, kramte in ihrer Tasche und schloß auf, so gut es in dieser Haltung ging. Bill trug die Frau über die Schwelle und versetzte der Tür mit dem Fuß einen Stoß. Es gab ein quietschendes Geräusch, aber die Tür fiel nicht ins Schloß. Im Schlafzimmer setzte Bill Maria vorsichtig aufs Bett.

Sie strich ihm übers Haar. »Es heißt bei uns auch: Ich bin guter Hoffnung.«

»Das klingt schön«, sagte Bill. »Ich bin guter Hoffnung, du bist guter Hoffnung, wir sind guter Hoffnung.« Er drückte sein Gesicht in Marias Schoß.

»Ich werde englisch mit ihm reden«, sagte Bill.

»Ich werde deutsch mit ihm reden«, erklärte Maria.

Bill richtete sich auf. Maria öffnete die oberen Knöpfe seines Hemdes und streichelte seine Brust. Er küßte die junge Frau auf die Stirn.

»Später kann unser Sohn sich selbst aussuchen, ob er deutsch oder englisch sprechen will. Er kann sich auch aussuchen, ob er eine Deutsche oder eine Amerikanerin heiraten will.«

»Eine Weiße oder eine Schwarze«, sagte Bill.

»Ich hätte nichts gegen eine Schwarze«, meinte Maria.

»Ich hätte nichts gegen eine Weiße«, sagte Bill.

Er knöpfte Maria die Bluse auf und zog sie ihr aus.

Sie streifte den BH ab und machte sich an Bills Hose zu schaffen.

Es war nicht leicht, ihm die Hose auszuziehen, denn sie lagen einander immer wieder in den Armen, streichelten und preßten sich.

»Nein«, sagte Maria, »unser Junge sollte keine weiße Amerikanerin heiraten. Amerikanerinnen sind häßlich.«

»Deutsche Männer sind häßlich«, sagte Bill.

»Ich kenne nur einen einzigen amerikanischen Mann, der schön ist«, sagte Maria.

»Ich kenne nur eine einzige deutsche Frau, die schön ist«, sagte Bill.

Sie sahen sich an und lachten. Bill stand auf und stieg aus seiner Hose, Maria ließ Rock und Strümpfe zu Boden gleiten. Beide waren nackt und hielten sich umschlungen.

Vom Flur her kam ein Geräusch. Sie hörten nichts. Standen aneinandergeschmiegt. Sie waren wie zwei in einem und dachten: Wir sind ja drei, nein, wir werden drei sein. Maria dachte: Unser Sohn wird auf der Grenze leben zwischen Schwarz und Weiß, er wird es nicht leicht haben, aber ich werde ihm helfen. Bill ist stark, und ich bin stark, und unser Kind wird stark sein. Ich werde den Jungen Hermann nennen, wie mein toter Mann hieß. Wenn jemand unse-

Bill knöpft Maria
die Bluse auf.

Vom Flur kommt ein Geräusch.

rem Sohn etwas Böses antut, dann erschlage ich den Feind. Alle, die gegen Bill und mich und unser Kind sind, sind unsere Feinde.

Vom Flur her kam wieder ein Geräusch. Sie nahmen es nicht wahr, weil sie nur einander wahrnahmen. Bill fühlte sich sieghaft und sicher wie nie zuvor in seinem Leben. Er stand mit dem Rücken zur Tür, und von dort her spürte Maria Bewegung. Die wehrte sie ab, weil alle ihre Sinne auf Bill gerichtet waren und den Sohn, den sie bald zur Welt bringen würde. Als sie endlich aufblickte, erkannte sie, in der Tür stand jemand: ein Mann, mager und abgerissen, mit großen, verwunderten Augen, die sich auf sie richteten. Stocksteif stand er da und blickte auf Maria, und sie dachte: Ich bin ganz durcheinander, jetzt bilde ich mir schon solche Dinge ein. Kein Zweifel, ich leide an Zwangsvorstellungen, ich sehe Gespenster, ich bin krank, nein, ich bin wie krank, und daß ich so bin, das liegt am Glück. Ich bin unglücklich gewesen und kann es nicht ändern, es ist ein großes Unglück über mich hereingebrochen, aber dann habe ich Glück gehabt, erst Unglück, dann Glück, das gleicht sich nicht aus, das macht nichts wieder gut, das sorgt nur für Gerechtigkeit, alle Menschen, die Unglück hatten, sollen danach ein Glück erfahren.

Maria und Bill hielten einander umschlungen. Das Schlafzimmer war garniert mit ihren Kleidungsstücken. Sie hatten alles von sich geworfen. Gern hätten sie noch mehr als ihre Kleider von sich geworfen. Es war ein Bedürfnis danach in ihnen entstanden, war gewachsen und übermächtig geworden. Alles Überflüssige sollte weg. Nichts, was entbehrlich war, hatte zurückzubleiben. Der Schwung, mit dem sie ihre Kleider verstreut hatten, tat ihnen wohl. Sie wollten es so, sie wollten lachen und sich aneinanderpressen und Fleisch sein, das Fleisch spürte.

Ihnen war zumute, als wäre das Schlimmste überstanden. Wie nach einer großen Gefahr fühlten sie sich, gerade noch einmal davongekommen. Den Augenblick genossen sie im Hochgefühl ihres Sieges. Was die Menschen im Alltag trennt, hatte nun keinen Platz bei ihnen und keine Chance. Nicht Bills schwarze Haut und nicht Marias im Krieg gebliebener Hermann störten sie. Nur sich selbst hielten sie umschlungen. Das kann nicht sein, dachte Maria, daß da noch ein Mann steht, mager und abgerissen, mit großen, verwunderten Augen. Er stand aber da. Stand da und blickte auf Maria und Bill und ihre über Betten und Boden verstreuten Kleider. Maria dachte, es hat alles seine Ordnung, meine Mutter, die ich immer für neidisch und eifersüchtig gehalten habe, gab Bill und mir ihr Schlafzimmer.

Es hatte also wirklich seine Ordnung, soweit überhaupt noch etwas seine Ordnung haben konnte. Die Mutter war einverstanden, und sonst gab es keinen Menschen, der hätte gefragt werden müssen und der irgendwelche Rechte besessen hätte, so daß man vor ihm Angst hätte haben müssen. Denn der Mann, der ein Recht besaß, war tot.

Maria dachte an den Tag mit dem Fliegerangriff und den Bomben und dem Standesamt, sie wollte aber jetzt nicht an diesen Tag denken und nicht an das Standesamt und nicht an Hermann. Sie wollte sich jetzt nicht daran erinnern, denn sie hatte sich, solange sie zum Bahnhof gegangen war und nach Hermann Ausschau gehalten hatte, nur zu oft daran erinnert.

Seltsamerweise gehorchte ihr Gedächtnis ihrem Willen nicht sofort. Es gelang ihr nicht, die Erinnerungsbilder zu verjagen. Sie preßte sich an Bill und sah Hermann vor sich. Ihre Hände hielten den schweren muskulösen Körper des schwarzen Freundes umschlungen, aber es war ihr, als fühle sie ihren Mann. Wenn das das Älterwerden ist, dachte sie, dann ist das nicht schön, denn man ist nie ganz bei sich selbst. Sie war die großen, einfachen Gedanken, Gefühle und Leidenschaften gewohnt. Wenn sie liebte, so liebte sie. Wenn sie haßte, so haßte sie. Nie hatte sie einen Mann in ihren Armen gehalten und an einen anderen gedacht. Jetzt hielten Bill und sie einander umschlungen, und Maria sah ganz deutlich Hermann in der Tür stehen.

Maria wurde ganz starr und steif.

Sie bildete sich nichts ein. Ihre Sinne spielten ihr keinen Streich. Wenn sie geglaubt hatte, das würde sie träumen, so sah sie sofort ein, sie träumte nicht.

Bills letzte Stunde.

Die Tür stand offen.

In der offenen Tür, da war jemand, das war kein anderer als Hermann.

Sie blickte auf ihn. Blickte von ihm fort und wieder zu ihm hin.

»Hermann«, sagte sie. Ihre Stimme wurde ein Flüstern: »Hermann.«

Maria löste sich aus Bills Armen und trat auf Hermann zu. Sie hielt die Augen fest auf Hermanns Gesicht gerichtet. Sie fürchtete, gleich werde das Gesicht verschwinden, und sie beeilte sich und hob die Hände, danach zu greifen, bevor es wieder verschwand.

Hermann trat einen Schritt vor, wehrte Marias Arme ab und schlug ihr ins Gesicht. Sie spürte die Schläge nicht. Es waren auch keine harten Schläge. Es waren Schläge, die sollten nicht schmerzen. Nur treffen sollten sie, treffen.

»Aber daß du gekommen bist und daß du lebst«, flüsterte Maria.

Hermann war an Bill vorbeigegangen. Bill, groß und gesund und zufrieden, stand stumm im Schlafzimmer und drehte sich zu Hermann. Bill drehte sich und drehte sich und maß den fremden Mann, den abgehärmten Eindringling, den unterernährten Glückszerstörer, und verstand nicht.

Hermann erfaßte die ringsum verstreuten Kleider mit einem langen Blick. Am Ende sah er eine Packung Zigaretten. Er griff danach, fingerte eine Zigarette heraus und steckte sie sich zwischen die Lippen. Er sah nicht aus wie einer, der heimkommt. Er sah etwas traurig aus und gleichzeitig etwas belustigt. In seinem ausgezehrten Gesicht glänzten zwei Augen beinahe lustig. Wenn Hermann so war, wie es seine Augen anzeigten, dann war er jetzt gleichzeitig traurig und belustigt, auf eine überhebliche, zynische Weise amüsiert.

»So ist das also hier«, sagte Hermann. Er hatte sich seine Zigarette angezündet und sog den Rauch genußvoll ein. Und wieder erfaßte er die beiden und das Zimmer, die Betten und die unordentlich verstreuten Kleider mit einem genüßlich gerechten Blick. Er, Hermann, war im Vollbesitz seines Rechts auf Empörung und wußte das. Und er zeigte es den beiden.

Dann warf er die Zigarette angeekelt beiseite und stürzte sich auf die Statue, den schwarzen Muskelmann Bill.

Wenn Maria später zurückdachte an den Moment, da der totgesagte Hermann in der Tür stand, war ihr, als hätte sie keine Erinnerung. Sie wußte genau, was vorher gewesen war. Auch auf das darauffolgende Geschehen besann sie sich. Dazwischen aber klaffte eine Lücke.

Maria erinnerte sich nicht an die Schläge, die Hermann ihr versetzt hatte. Sie war auf Hermann zugegangen und vor ihm mit erhobenem Gesicht und weit geöffneten Augen stehengeblieben. Sie war, von dem Schlag mehr betroffen als getroffen, niedergesunken. Sie spürte nichts und wußte nichts von all dem...

In den polizeilichen Vernehmungen und später vor Gericht suchte man Licht in das Dunkel zu bringen. Der Heimkehrer hatte auf seine Frau eingeschlagen – oder sollte man sagen: auf seine Witwe? Nein, die Todesnachricht hatte sich ja als falsch erwiesen. Der Totgesagte hatte überlebt und war wiedergekommen. Die Frau eines Toten ist eine Witwe. Die Frau eines Lebenden ist keine Witwe.

Der Heimkehrer war näher getreten und hatte sich aus einer offenen Chesterfield-Packung mit zitternden Fingern eine Zigarette herausgezogen. Er hatte geraucht und sich in das Kleidergewühl aufs Bett gesetzt und hastig mit tiefen Zügen weitergeraucht. Es befanden sich drei Personen im Zimmer. Der schwarze amerikanische Soldat kümmerte sich um die am Boden liegende Maria. Offenbar hatte er gar nicht recht verstanden, was vorgefallen war. Der Heimkehrer begriff ebensowenig. Sein ganzes Interesse schien der Zigarette zu gelten, die er rauchte.

Beide Männer müssen kurz darauf aneinandergeraten sein. Es konnte nie ermittelt werden, war der Heimkehrer auf den amerikanischen Soldaten oder der Soldat auf den Heimkehrer losgegangen.

Fünftes Kapitel:

Der Totschlag steht fest – die Totschläger wechseln

Sie hielten sich umklammert. Der ausgemergelte Deutsche verschwand fast in der feindlichen Umarmung. Maria, immer noch am Boden liegend, sah den breiten Rücken Bills. Zwischen den starken nackten Beinen Bills knickten die mageren Beine Hermanns ein.

Etwas ging vor und ballte sich zusammen. Dann gab es einen dumpfen Schlag. Erst danach kam Maria ganz zu sich.

Sie stand da, den Hals der Sektflasche in der Hand. Die Flasche war auf Bills Schädel in Stücke zersprungen. Unter dem Schlag knickte der massige Leib ihres Freundes ein. Er hielt sich aber noch eine ganze Weile, es sah aus, als kämpften zwei Kräfte in ihm, das Leben und der Tod. Dann stürzte Bill seitwärts zu Boden.

Der Tod hatte gesiegt. Das begriff Maria aber nicht, während es geschah. Sie begriff nicht, daß sie es gewesen war, die den Schlag geführt hatte. Später meinte sie, sie hätte nur den Wunsch verspürt, Hermann zu schützen und aus Bills Umklammerung zu befreien.

Maria hatte nicht töten wollen. Aber sie hatte getötet.

Als die Kriminalpolizei erschien und mit den Vernehmungen begann, dachte Maria: Warum kommt alles immer ganz anders, als man will? Dann dachte sie: Schuld habe ich nicht. Oder doch?

Später dachte sie gar nichts mehr.

Maria wurde noch in der Nacht in Untersuchungshaft genommen. Sie erzählte erst einem Kriminalbeamten alles, dann kam einer, der ihr als Staatsanwalt der US-Army vorgestellt wurde von dem Kriminalbeamten, und der Staatsanwalt setzte sich und sagte kaum etwas. Wenn er Fragen hatte, sagte er sie dem Kriminalbeamten, der dann Maria fragte. Danach nickte der Staatsanwalt befriedigt.

In der Untersuchungshaft kümmerte sich Frau Mägerlein, die in der Frauenabteilung die Aufsicht führte, um Maria.

»Du hättest nicht gleich alles aussagen sollen«, erklärte Frau Mägerlein. »Wenn du sofort gestehst, dann sind die Herren von der Justiz unzufrieden, weil sie sich überflüssig vorkommen, und dann lassen sie dir keine Ruhe und verlangen immer noch mehr Aussagen.«

»Ich habe nichts verschwiegen«, antwortete Maria, »es ist ja alles zu plötzlich gekommen, da gibt es gar nichts zu verschweigen.«

»Trotzdem ist es falsch, gleich mit der ganzen Wahrheit rauszurücken. Da reagieren die hohen Herren gereizt drauf. Du wirst sehen, der Staatsanwalt nimmt dich hart ran.«

Das war Maria gleichgültig. Sie wollte nur, daß es endlich voranging mit dem Prozeß. Als sie zur Vernehmung in die Staatsanwaltschaft gebracht wurde, fragte sie den Staatsanwalt: »Wann wird gegen mich verhandelt?«

Er betrachtete sie spöttisch, die Lippen zusammengekniffen. Frau Mägerlein hat recht, dachte Maria, von diesem Manne habe ich nichts Gutes zu erwarten.

»Sie werden Ihren Prozeß schon noch bekommen«, sagte der Staatsanwalt in seinem ausgezeichneten, etwas harten Deutsch.

Als sie weggebracht wurde, fiel ihm noch etwas ein. Er rief ihr nach: »Was ist mit Ihrem Anwalt? Haben Sie endlich einen Verteidiger?«

Maria blieb an der Tür stehen und wandte sich um. Sie sah, der Staatsanwalt lächelte spöttisch. Es machte ihm gewiß Spaß, daß es für sie schwer geworden war, einen Verteidiger zu finden. Die Öffentlichkeit war gegen sie. Die Presse. Der Rundfunk. In der Meinung der Leute stand sie schlecht da. Ein Amiliebchen mit Blut an den Händen.

»Herr Dr. Rohrbach hat die Verteidigung übernommen«, sagte Maria. »Er kommt morgen zu einem Gespräch.«

»Na dann viel Glück!« rief der Staatsanwalt. Es klang aber, als wünsche er ihr Unglück.

Dr. Rohrbach, ihr Verteidiger, sprach leise und bewegte sich, als fürchtete er immerzu, irgendwo anzuecken. Vielleicht lag es an der engen Zelle, in der das Gespräch stattfand. Dr. Rohrbach machte den Eindruck, als sei er der Täter. Maria sah es mit Verwunderung. Wie sollte ein solcher Mensch sie verteidigen können. Sie sprach ihre Bedenken und Zweifel nicht aus, und auch Dr. Rohrbach sagte ihr nicht, daß er den Fall nur höchst ungern übernommen hatte. Welcher Verteidiger liebt schon so aussichtslose Mandate. Irgend etwas sollte bei einem Prozeß aber abfallen, entweder Geld oder Ruhm; hier jedoch war nichts zu holen.

»Der Staatsanwalt mag mich nicht«, sagte Maria.

»Staatsanwälte sind nicht dazu da, Menschen zu mögen«, antwortete Dr. Rohrbach.

»Es ist mir auch gleichgültig. Ich wollte nur, daß Sie wissen, wo der Staatsanwalt steht.«

»Das ist mir nicht verborgen geblieben, Frau Braun.«

Der Verteidiger sah Maria offen an. Jetzt wirkte er nicht mehr beklommen und hilflos. Vielleicht habe ich mich in ihm getäuscht, dachte Maria, vielleicht ist er ganz anders, man darf sich nie auf den ersten flüchtigen Eindruck verlassen. Maria ahnte, daß sie noch oft mit diesem Dr. Rohrbach zu tun haben würde.

»Was glauben Sie, wie lange wird man mich einsperren?«

Der Verteidiger betrachtete seine Fingernägel.

»Wie viele Jahre also?«

»Schwer zu sagen, Frau Braun. Der jetzigen Stimmung nach, in der Bevölkerung und im Gericht, werden Sie nicht sehr gut davonkommen. Das hängt – äh – mit den Tatumständen zusammen. Da würden wir dann gewiß in die Revision gehen. Später ist auch die Atmosphäre nicht mehr so gereizt, und wir holen ein milderes Urteil für Sie heraus. Schließlich ist es ein – äh – Gefühlsdelikt. Man wird zu berücksichtigen haben, daß Sie Ihren Mann für tot hielten, als Sie sich – als Sie –«

Im Prozeß erwies sich der Staatsanwalt als kühler und berechnender Gegner, der sich aber so gut in der Gewalt hatte, daß sein Haß auf Maria nicht offenbar wurde.

»Sie lernten den Erschlagenen also in der Moonlight-Bar kennen?« fragte der Staatsanwalt in deutlich gezügeltem Ton.

Maria bejahte.

Der Staatsanwalt wurde einige Grade freundlicher und liebenswürdiger. Er bekam eine fast zuckersüße Stimme, als er nachstieß: »Würden Sie uns diese Bar etwas näher beschreiben?«

»Nun, es war eine Bar... wie eben jede andere Bar.«

»Wie jede andere Bar?«

Der Staatsanwalt zelebrierte seine Fragen. Er ließ sie in einer kurzen Pause ausschwingen, ehe er fortfuhr: »Würden Sie nicht zugeben, daß es eine ganz besondere Bar war?«

Maria begriff nicht, worauf der Ankläger hinauswollte. Sie hatte ihre Gedanken noch immer nicht recht beisammen. Es kam ihr auch alles reichlich sinnlos vor, was jetzt vor diesem Gericht geschah.

Sie hatte Bill umgebracht. Daran gab es nichts zu deuteln. Das war nicht zu ändern. Warum dann noch dieser Aufwand? Sie sollten sie bestrafen. Sie hatte die Strafe verdient.

Der Staatsanwalt sagte kurz und hart: »Diese Bar wurde ausschließlich von Angehörigen der amerikanischen Besatzungsmacht frequentiert. Stimmt das, oder stimmt das nicht, Angeklagte?«

»Natürlich«, antwortete Maria. »Sie ist ja off limits. Deutsche dürfen da gar nicht rein.«

»Ganz recht. Für Deutsche ist so eine Bar verboten. Mit Ausnahme der dort arbeitenden Animierdamen. So darf man Ihren – Beruf doch bezeichnen, oder?«

»Ich...«

»In Ihrer Eigenschaft als Animierdame haben Sie sich an den Soldaten herangemacht, oder?«

»Ich...«

»Und Sie haben sich von ihm aushalten lassen?«

Maria hätte jetzt etwas sagen müssen. Sie wollte auch etwas sagen, aber sie sagte nichts. Sie dachte: Sollen sie mich verurteilen.

Sollen sie endlich fertig werden.

Der Staatsanwalt war aber noch lange nicht fertig. Er war ein energischer und scharfsinniger Mann. Kein hundertprozentiger Karrierist, doch hatte er gegen eine Karriere auch nichts einzuwenden. Jedenfalls wollte er vorankommen. Dafür war ein solcher Prozeß genau das Richtige. Hier konnte man zeigen, was in einem steckte.

Ganz leise und leidenschaftslos kamen die Worte des Anklägers: »Während Ihr Mann in russischer Gefangenschaft war, sind Sie aus niedrigen, egoistischen Beweggründen ein Verhältnis mit einem Amerikaner eingegangen, der Ihnen Ihre Dienste mit Schokolade, Zigaretten und Nylons lohnen konnte. Ist das richtig, Angeklagte?«

Er soll endlich aufhören, dachte Maria.

Sie sagte leise: »Nein, das stimmt nicht.«

Süffisant fragte der Staatsanwalt: »So, das stimmt nicht? Würden Sie uns dann liebenswürdigerweise erklären, was denn nun stimmt?«

»Ich habe Bill liebgehabt.«

Das Publikum murmelte empört. Der Mann in russischer Gefangenschaft, die Frau treibt's mit einem Amerikaner, der verschaffte ihr Essen und Kleidung, und sie redet von Liebe.

Der Staatsanwalt genoß seinen Erfolg. Er war ein Meister der Pausen. So wartete er, bis sich die Erregung unter den Zuschauern etwas gelegt hatte.

Wieder verlieh er seiner Stimme die gefährlich unterkühlte Sachlichkeit, als er sagte: »Sie scheinen ja ein sehr großes Herz zu besitzen. Mit den gleichen Worten äußerten Sie sich über die Gefühle für Ihren Gatten.«

»Nein.«

»Nein?«

Der Staatsanwalt blätterte siegesgewiß in seinen Akten.

»Sie müssen nicht nachschauen«, sagte Maria. »Ich weiß, wie ich mich ausgedrückt habe. Sie können den Unterschied sowieso nicht verstehen. Ich habe Bill liebgehabt. Und ... ich liebe meinen Mann.«

Der Staatsanwalt gab sich verblüfft. Vielleicht spielte er seine Verblüffung, vielleicht war er wirklich überrascht.

»Wo ist da der Unterschied?« murmelte er.

Ein Blick in die Runde ließ es ihm geraten erscheinen, genauer auf die Angeklagte einzugehen. Deshalb sagte er: »Nun... das ist eine reichlich... feinsinnige Abgrenzung...«

Der Staatsanwalt wollte weitersprechen, aber hinten im Saal erhob sich ein Mann und rief: »Beenden Sie das Verhör!«

»Ich muß doch sehr bitten!« entgegnete der Staatsanwalt. Er wollte eben den Vorsitzenden bitten, daß der Gerichtsdiener angewiesen werde, für Ruhe und Ordnung zu sorgen, da sagte der Mann laut und deutlich: »Ich habe den Neger erschlagen!«

Es herrschte Totenstille im Gerichtssaal, als Hermann das sagte. Er war hinter einer Säule hervorgetreten. Sein Blick hatte Maria gegolten. Dann hatte er sich ganz dem Gericht zugewandt.

Der Staatsanwalt schluckte. Ihm fehlten die Worte. Seine Stimme versagte. Er hob beide Arme und stand so mit erhobenen Armen hilflos da. Bisher hatte er sich genau vorstellen können, wie das Verfahren zu verlaufen hatte. Der Gerechtigkeit sollte Genüge getan werden. Der Staatsanwalt hatte etwas gegen Mord und gegen Totschlag. Er war ein Moralist, der aus Versehen Jura studiert hatte. Der Staatsanwalt tat seine Pflicht als Ankläger, aber er verabscheute vor allem die Täter, und weil er sie verabscheute, suchte er aus möglichst vielen Angeklagten möglichst viele Verurteilte zu machen. Das beruhigte sein Gewissen und dämpfte seinen Abscheu, denn die Verurteilten konnte man vergessen.

Als sich der Ehemann der angeklagten Braun selbst der Tat bezichtigte, spürte der Staatsanwalt ein großes Bedauern. Jetzt würde die Angeklagte dem Gesetz entwischen. Für einen Moment zweifelte der Ankläger daran, ob diese Frau Braun die Tat begangen hatte. Kurze Zeit darauf vergaß er seine Zweifel. Er hatte mit Hermann Braun einen neuen Täter erhalten. Sosehr es ihm zuwider war, diese Frau Braun aus der Haft entlassen zu müssen, so gern nahm er dafür den Herrn Braun in Empfang. Wenigstens war es nicht zu einem Freispruch gekommen. Man hatte einen Täter. Der Gerechtigkeit wird Genüge getan werden.

Maria wurde aus der Untersuchungshaft entlassen. Hermann kam in U-Haft. Vier Monate später wurde gegen Hermann verhandelt. Zwei Stunden vor Verhandlungsbeginn kam jemand und verlangte Maria zu sprechen.

»Soll ich ihn reinlassen?« fragte die Mutter.

»Schick ihn weg«, sagte Maria.

Willi schaltete sich ein: »Vielleicht kann er dir helfen. Hör dir wenigstens an, was er will.«

Der Mann war von einer Illustrierten und machte Maria ein Angebot. Sie solle ihm ihre und Hermanns Geschichte verkaufen.

»Ich brauche viel Geld«, sagte Maria.

»Dafür zahlt man Ihnen viel Geld«, erwiderte der Mann. Er hieß Horst Forbach.

»Was muß ich tun?« fragte Maria.

»Zweierlei: reden und schweigen.«

»Mit wem rede ich, und mit wem rede ich nicht?«

»Mit uns reden Sie. Wenn andere fragen, dann schweigen Sie.«

»Was waren Sie im Krieg?«

»Im Krieg? Wie kommen Sie darauf?«

»Ich frag' ja nur«, sagte Maria. »Wollen Sie es nicht sagen?«

»Da ist nichts zu verbergen. Ich war Oberleutnant. Und heute bin ich Journalist. Ich verdiene, was ich brauche, wenn es das ist, was Sie wissen wollen.«

»Es interessiert mich nicht«, erwiderte Maria.

»Also bis dann im Gerichtssaal.« Der Journalist ging.

»Warum hast du ihn das gefragt?« wunderte sich Willi.

»Er wird zahlen müssen. Ich wollte wissen, wie hart oder wie weich er ist.«

»Und weißt du's jetzt?«

»Er wird zahlen müssen, das weiß ich. Ich werde mit ihm einig werden. Er kennt das Leben. Auf so einen kann man sich verlassen.«

»Maria«, sagte die Mutter, »was ist bloß in dich gefahren? Du bist nicht wiederzuerkennen.«

Hermann erhob sich von der Anklagebank. Er blickte nur zum Gericht, als er sprach.

Er sagte: »Ich war wie blind vor Wut. Ich war wie von Sinnen. Nein, ich war von Sinnen. Ich wußte nicht, was ich tat.«

»Sie wußten es nicht?« fragte der Richter.

»Ich kehrte aus der Gefangenschaft zurück. Ich hab' zugeschlagen und nicht gemerkt, daß ich zugeschlagen habe.«

»Bravo!« Ein einbeiniger Mann schwenkte seine Krücke. »Bravo!« schrie er. »Bravo!«

Der Richter winkte dem Saaldiener. »Führen Sie den Herrn hinaus.«

Der Saaldiener ging zu dem Invaliden und sprach auf ihn ein. Die beiden kamen an Maria vorbei.

»Amiliebchen! Negerhure!« schrie der Kriegskrüppel.

Maria gab nicht zu erkennen, daß es sie traf. Von der Pressebank eilte Horst Forbach herbei. Er gab Maria einen Zettel. Sie las: »Wir bieten Exklusivvertrag. Die Redaktion hat bestätigt.«

Maria nickte Forbach zu. Der ging zur Pressebank zurück.

Der Richter blätterte in den Akten.

»Sie gestehen also, den amerikanischen Staatsbürger William Frazier, Leutnant in der amerikanischen Armee, am 27. 8. 1948 in der Wohnung Ihrer Schwiegermutter getötet zu haben?«

»Ja«, sagte Hermann.

»Damit ist die Vernehmung abgeschlossen. Sie können sich setzen.«

»Darf ich noch etwas sagen?«

»Bitte –«

»Ich möchte etwas richtigstellen, was ich vorhin gesagt habe. Es ist so –«

Die Spannung im Publikum und beim Gericht stieg.

»Betrifft Ihre Erklärung den Tathergang?« fragte der Richter.

»Nein, sie betrifft mich persönlich.«

»Also gut, eine persönliche Erklärung.«

»Das ist also so«, sagte Hermann. »Ich habe vorhin gesagt, daß ich nicht wußte, was ich tat. Ich möchte hinzufügen: Heute weiß ich es.«

»Soll das heißen, Sie bereuen die Tat?«

»Es tut mir leid, daß der Mann sterben mußte.«

»Das Gericht wird das bei der Urteilsfindung berücksichtigen.«

Als Maria nach der Urteilsverkündung das Gericht verließ, sah sie sich im Nu von Reportern umringt. Sie gab auf keine der ihr gestellten Fragen eine Antwort. Jede Antwort wäre fortgeworfenes Geld gewesen. Sie wollte aber kein Geld fortwerfen, sie wollte soviel Geld wie möglich einnehmen.

»Lassen Sie mich endlich in Ruhe!« rief sie.

Forbach brachte sie im Wagen weg.

»Das Schwein hat sie schon eingekauft!« rief ein anderer Reporter, als er sah, daß Forbach in dem Wagen saß, in den Maria eingestiegen war.

Sie fuhren zur Stadtmitte.

»Wieviel?« fragte Maria.

»Zehntausend«, antwortete Forbach.

»Zwanzig«, sagte Maria, »und keinen Pfennig weniger. Und wissen Sie warum?«

»Warum?«

»Weil ich jeden Pfennig brauche.«

»Hm. Sie lernen schnell dazu, wie?«

»Nicht wie Sie denken. Aber ich lerne tatsächlich dazu.«

»Das Foto hab' doch ich gemacht«, sagte die Mutter. »Hier, das ist im Auwäldchen gewesen, im Juli. Von euch hab ich auch eins gemacht, von Betti und Willi, aber das haben die von der Illustrierten nicht genommen. Die wollten immer nur eins, wo der Herr Bill und die Maria drauf waren.«

Betti und die Mutter und Willi standen um den Küchentisch, auf dem die Illustrierte aufgeschlagen lag. Forbach hatte sie gerade vorbeigebracht. Sie war noch nicht im Handel.

Maria, die hinzukam, sah sich die Bilder an, dann versuchte sie den Text zu lesen, gab es aber gleich wieder auf.

»Daß er ein Neger war, hat mich nie gestört«, sagte die Mutter.

Es erstaunt Maria nicht,
daß Hermann den Totschlag auf sich nimmt.
Sie freut sich,
und das ist keine billige grausame Freude.
(Klaus Löwitsch als Hermann Braun.)

»Man hat es eigentlich nicht gemerkt.«

Sie wandte sich an Horst Forbach: »Das hätten Sie ruhig mit dazuschreiben können, daß ich das Foto gemacht hab'.«

»Nein«, antwortete Forbach, »das hätte nicht so gut zu der Geschichte gepaßt.«

»Warum nicht?«

»Weil Sie Marias Mutter sind, deshalb. Es ist ein Bild von dem Neger und der Maria, von zwei Liebenden, da kann nicht gut die Mutter dabeisein und fotografieren.«

»Aber wahr ist es schon. Er hat mich immer mitgenommen, wie seine eigene Mutter. Er hatte ein gutes Herz, der Herr Bill.«

Maria verließ das Zimmer und warf die Tür hinter sich laut zu.

»Was hat sie denn?« wunderte sich die Mutter.

»Na, was wird sie wohl haben?« sagte Willi.

»Ich hab's doch nicht bös gemeint. Aber wundern muß man sich nicht, bei dem, was das Kind hat aushalten müssen. Der eine erschlagen und der andere im Zuchthaus.«

Willi fuhr fuchtig hoch: »Wie du so redest!«

»Wie rede ich denn?«

»Als ob's dich nichts anginge. Als hättest du kein Herz im Leib.«

»Was sagst du da?«

Jetzt schaltete Betti sich ein: »Laß sie in Frieden. Sie meint es doch gut.«

»Ach, hör bloß auf. Du bist genauso. Ihr seid doch sauer auf Maria.«

Er ging zur Tür.

»Wohin willst du?« fragte Betti.

»Ich geh' mich besaufen!« schrie Willi. »Was kann man denn Besseres tun?«

Er warf die Tür hinter sich zu.

»Die machen mir noch die ganze Wohnung kaputt«, beschwerte sich die Mutter.

»Dann kauft Maria neue Türen«, besänftigte Forbach. »Sie hat doch genug Geld.«

»Von wegen«, sagte die Mutter, »jede Mark spart sie für ihren

Hermann, damit er was hat, wenn er rauskommt. Dabei dauert das Jahre; da kann man gar nicht wissen, wie es dann sein wird und ob das Geld noch einen Wert hat bis dahin.«

Betti blätterte in der Illustrierten.

»Da bin ich ja!« sagte die Mutter. Sie wies auf ein Foto. Es zeigte Maria und Hermann, den Angeklagten, im Gerichtssaal. Dahinter die Mutter.

»Ja«, sagte die Mutter, »seht ihr, das da bin ich.«

Maria war schon längere Zeit frei, aber sie hatte die Tage nicht gezählt. Im Augenblick, als Hermann im Gerichtssaal aufgestanden war und die Schuld auf sich genommen hatte, war sie wie verwandelt.

Plötzlich war ihr klar, sie hatte über Wochen hin auf diesen Moment gewartet. Es war während der Besuche Hermanns bei ihr in der Untersuchungshaft nie davon gesprochen worden. Maria hatte nicht gewagt, es ihm vorzuschlagen. Wenn ihr Mann wieder gegangen und sie in ihre Zelle zurückgekehrt war, hatte der Gedanke in ihr Platz gegriffen und sich nicht mehr abweisen lassen.

Ohne Zweifel war sie die Stärkere von beiden. Hermann war schwach, unterernährt, wenn nicht krank aus der Gefangenschaft heimgekehrt. Wie sollte er sich draußen im Leben durchsetzen. Er würde es nicht können. Sie aber konnte es.

Es erstaunte sie nicht, daß Hermann den Totschlag auf sich nahm. Seine Handlungsweise erfüllte sie mit Genugtuung und Stolz. Sie freute sich, und das war nicht die billige grausame Freude desjenigen, der unverdient Glück hat. Die Strafe, die Hermann jetzt an ihrer Stelle abbüßte, hätte sie auch getragen. Es war nicht Egoismus, der sie triumphieren ließ, weil sie frei und Hermann eingesperrt war. Sie empfand sich so als die Stärkere, daß es ihr als selbstverständlich erschien. Sie wollte ihre Freiheit nicht für sich, sondern für Hermann nutzen.

Am ersten Tag nach Hermanns Verurteilung, als sie ihn besuchte, fühlte sie sich vollkommen ruhig und frei von Schuld. Bei diesem Zusammensein mit Hermann räumte sie auf. Sie mühte sich nicht, die Tatsachen zu verschleiern. Zwischen ihnen mußte Klarheit herrschen. Sie hatte keine Zeit zu verlieren. Es kam jetzt allein darauf an, sich auf die Zeit nach Hermanns Entlassung vorzubereiten. Ein gutes Leben, wie sie sich schwor. Sie verstand ihr Freisein als Gelegenheit, für den Eingekerkerten zu arbeiten. Hermann schien das zu begreifen. Er war schon lange in Gefangenschaft. Gefangenen Menschen muß man nicht erklären, was nottut. Sie spüren es.

»Wie willst du leben?« fragte Hermann.

Sie saßen, durch einen dichten Maschendraht getrennt, einander gegenüber. Neben ihnen waren andere Besucher und andere Gefangene, und alle suchten sich zu verständigen, gaben es auf und versuchten es erneut.

»Weil ich nichts gelernt habe, muß ich zuerst das Arbeiten lernen«, antwortete Maria. »Ich werde schuften, und mit dem Leben fangen wir an, wenn wir wieder zusammen sind.«

»Du wirst es nicht leicht haben«, sagte Hermann.

»Ich habe nie gesagt, daß ich es leicht haben will«, antwortete Maria.

»Du bist eine junge Frau, du bist eine schöne Frau«, sagte Hermann.

»Ich bin eine schwangere Frau«, antwortete Maria, »und ich muß sehen, wie ich damit zurechtkomme.«

»Ich habe nichts gegen dein Kind«, sagte Hermann.

»Ja«, entgegnete Maria, »aber ich muß arbeiten und Geld verdienen, viel Geld. Ich werde verdienen und auf dich warten. Ich werde dich hier besuchen und dir alles erzählen, was geschieht.«

»Alles, Maria?«

»Alles, Hermann.«

Sechstes Kapitel:

Auftritt eines wichtigen Mannes aus der Textilbranche

Am Abend stand sie vor dem Spiegel und mühte sich, den Reißverschluß ihres Rockes ganz zu schließen. Der Rock spannte sich über dem sich wölbenden Bauch. Sie nahm einen Gürtel aus dem Schrank, legte ihn um und zog eine Jacke drüber.

Als es klingelte, ging die Mutter öffnen und brachte Forbach herein.

»Na, ich hab' noch in der Küche zu tun«, sagte die Mutter und ließ sie allein.

»Manchmal denk' ich, das war alles ganz anders«, begann Forbach.

»Für deine Zeitschrift war's doch eine gute Geschichte«, sagte Maria.

»Ja, eine gute Geschichte.«

»Eine andere Geschichte wär' weniger gut gewesen.«

»Mag sein.«

»Also was gibt's?«

»Ich will nur fragen, ob ich für dich noch was tun kann, oder für Hermann.«

»Ja. Weißt du eine Klinik, wo ich mein Kind zur Welt bringen kann?«

»Das fragst du ausgerechnet einen Reporter?«

»Ich frage dich deswegen, weil ich nicht will, daß es in der Zeitung steht. Frau des Mörders bekommt Kind. Vater ist der Ermordete. Kein Wort darüber! Versprochen?«

»Versprochen.«

Als er gegangen war, zweifelte Maria das erste Mal an der Geburt des Kindes.

Sie eilte ans Fenster und blickte auf die Straße. Forbach war schon in seinen Wagen gestiegen und fuhr los. Maria winkte ihm nach. Er sah es nicht. Jedenfalls zeigte er nicht, daß er sie sah.

Die Mutter trat ins Zimmer.

»Was hat er von dir gewollt?« erkundigte sie sich.

»Ich weiß nicht, was er gewollt hat.«

»Ob er was ahnt?«

»Wovon sollte er was ahnen?«

»Wovon schon? Wie es wirklich gewesen ist. Wenn er das aufdeckt, kann es schwierig werden für dich.«

»Für ihn könnte es schwierig werden. Er kann nichts aufdecken, denn er weiß nichts. Und für seine bloßen Ahnungen kriegt er in seiner Zeitschrift keinen Platz. Außerdem will er mir nicht weh tun.«

»Dann ist es gut, wenn du dir da so sicher bist.«

»Das bin ich. Mir macht was ganz anderes Kummer.«

»Was macht dir Kummer?«

»Woher ich das Geld kriege. Der Anfang ist gemacht. Aber wie soll's weitergehen.«

»Was du jetzt hast, das reicht doch für eine Weile.«

»Es reicht überhaupt nicht. Ich brauche viel mehr. Ich bin nicht allein.«

»Schon gut, ich wollte dich nicht aufregen, Kind.«

»Dann sag nicht Kind zu mir, wenn du mich nicht aufregen willst.«

»Es ist mir so rausgerutscht. Ich werd's nicht wieder sagen.«

»Danke, Mutter.«

»Schon gut, Kind.«

Als Maria diesmal Besuchserlaubnis bekam, fiel ihnen beiden das Sprechen so schwer, daß sie es bald aufgaben. Sie saßen und blickten einander an und schwiegen, und dann blickten sie auf den Boden.

Der aufsichtsführende Beamte wunderte sich.

»Ich hab' nichts gegen das Kind«, sagte Hermann, »das weißt du, und das darfst du nicht vergessen. Aber du wirst es nicht schaffen, mit dem Kind. Weil es von einem Schwarzen ist, und weil du soviel vorhast. Das kannst du einfach nicht schaffen.«

»Ich weiß, Hermann.«

»Du weißt es wirklich, Maria?«

»Es ist mir klargeworden. Nur sehe ich noch nicht, was ich tun soll.«

»Ich kann dir da nicht helfen von hier aus, das mußt du einsehen.«

»Das sehe ich ein, Hermann.«

»Wenn ich draußen wäre, dann würde ich dir schon helfen. Aber ich bin nicht draußen.«

»Ich weiß, Hermann.«

»Es ist doch so, daß es verdammt lange dauern wird, bis ich wieder rauskomme.«

»Ich kann warten, Hermann.«

»Du kannst warten, das weiß ich, Maria, aber mit dem Kind würde es noch viel schwerer.«

»Ich werd's mir überlegen, was zu tun ist.«

Hermann saß in seiner Zelle und hörte auf die Geräusche. Der ganze alte Bau lebte und vibrierte. Auf dem Flur erklangen die Schritte der Wachtmeister und Kalfaktoren. Hermann unterschied die Schritte. In den ersten Tagen hatte er gelernt zu erkennen, wann ein Wachtmeister und wann ein Kalfaktor vorüberging. Die Wachtmeister trugen Lederstiefel, die Kalfaktoren Holzpantinen. Schnell lernte er, die einzelnen Personen zu unterscheiden. Herr Schubert, der das Zellenhaus unter sich hatte, lief eilig und gleichmäßig. Grützner, zuständig für den oberen Zellentrakt, zog beim Gehen ein Bein nach. Von den Kalfaktoren war Kalbach der wichtigste. Ein ganz geriebener Bursche, mit dem man es nicht verderben durfte.

Hermann gab ihm die Hälfte seiner täglichen Tabakration. So hatte er beim Kalfaktor einen Stein im Brett.

Natürlich hatte Hermann sich das Leben in der Heimat anders vorgestellt. Aus der Gefangenschaft entlassen und gleich im Gefängnis gelandet!

Hermann hockte auf seiner Pritsche und brach von Zeit zu Zeit in lautes Lachen aus. Ein Lachen ohne Freude, aber frei von Bosheit. Gegenüber dem Lager war die Zelle ein Fortschritt. Maria hatte so unrecht nicht, sie würden diese Haft überstehen, sie beide.

Wenn Hermann so weit gekommen war in seinen Überlegungen, überfiel ihn wieder das zwanghafte Gelächter. Er hatte sich dagegen zu wehren versucht, aber dann merkte er, daß ihn diese hysterischen Lachausbrüche erleichterten. Später stellte er sich vor, was Maria draußen wohl gerade unternahm. Er sah seine Frau vor sich, wie sie nach Arbeit suchte. Er sah sie mit fremden Männern sprechen.

Er befahl sich, nicht mehr an Maria zu denken, sie sich nicht mehr zusammen mit fremden Männern vorzustellen. Mit aller Gewalt konzentrierte er seine Aufmerksamkeit auf die Vorgänge im Zellenbau. Sobald Schritte laut wurden, riet er, wer vorbeiging. Hermann tat alles, sich im Gefängnis einzurichten.

Kalbach half ihm dabei. Der Kalfaktor brachte es zuwege, daß Hermann öfter seine Zelle verlassen und den Gang, das Duschbad und die Klosetts reinigen durfte.

Nachdem Kalbachs Hilfe, der alte Nettelbeck, krank geworden war, teilte Hermann mit dem Kalfaktor sogar das Essen aus. So nahe an der Quelle, schlugen sie sich den Wanst voll.

»Wär' ja noch schöner«, brummte Kalbach, »erst bei den Russen fast verhungern und jetzt im deutschen Knast Kohldampf schieben.« Er meinte das ehrlich.

Wie alle Kalfaktoren war Kalbach bestechlich. Hermann aber hatte er in sein Ganovenherz geschlossen. Das würde anhalten, solange der Schützling keinen Fehler machte, nicht an ihm herumkrittelte.

Der immer noch jammervoll dünne Hermann imponierte Kalbach, dem Dieb, durch seine »Tat«.

Der Kalfaktor brüstete sich: »Mit dem, was ich in meinem Leben geklaut habe, könntest du ein riesiges Warenhaus ausstatten.«

Kalbach war ein virtuoser, berühmter und berüchtigter Langfinger gewesen. Jetzt, nachts auf seiner Pritsche, träumte er von Mord und Totschlag, die er nie auszuführen gewagt hatte. In Gedanken murkste er alle ab, die er kannte: seine Frau, seine beiden Töchter, die gesamte Verwandtschaft, dazu den Richter, der ihn verurteilt hatte, samt Beisitzern, Staatsanwälten und, nicht zu vergessen, Rechtsanwälten. Der Kalfaktor haßte sie alle, denn sie waren alle miteinander seine Feinde, zumindest hatte ihm nie im Leben einer geholfen. Die eigene Frau hatte ihn verraten, und die Töchter schämten sich des Ganoven, der ihr Vater war.

Kalbach sagte zu Hermann: »Das war richtig von dir, dem Ami eins über'n Schädel zu geben.«

»Ich weiß nicht«, erwiderte Hermann.

»Eins hast du vergessen, ist dir das klar?«

»Was hab' ich vergessen?«

»Du hättest deine Alte auch totschlagen sollen. Die beiden gehörten doch zusammen, der Scheiß-Ami und die Hure.«

»Sie ist keine Hure. Ich hab' auch keine Wut auf meine Frau.«

»Das ist dein Fehler. Du bist zu gut, mein Junge. Wenn einer ein zu guter Mensch ist, dann sitzt er leicht sein ganzes Leben lang im Knast.«

Hermann gab Kalbach innerlich recht. Er sagte es aber nicht.

Sie gab sich noch zwei Tage, obwohl sie wußte, sie würde fahren. Maria hatte sich über Jahre hin so ans Warten gewöhnt, daß ihr die zweimal vierundzwanzig Stunden rasch vergingen.

Am Morgen zog sie den schwarzen Fohlenmantel an, der früher ihrer Mutter gehört hatte. Der Pelz war von einem Kürschner in der Nachbarschaft sehr geschickt für Maria hergerichtet worden. Vorm großen Schlafzimmerschrankspiegel überprüfte sie den Sitz von Samtkappe, Mantel und Strumpfnähten. Mit ihrem Aussehen konnte sie zufrieden sein.

Als sie durch den Flur ging, fragte die Mutter von der Küchentür her: »Hast du dir auch alles genau überlegt?«

Maria nickte und verließ grußlos die Wohnung. Auf der Fahrt gab es keinen Augenblick, in dem sie hätte umkehren wollen.

Der Doktor sagte, als es vorbei war: »Es wäre ein Junge geworden, Maria. Wie du es dir gewünscht hattest.«

Sie entgegnete: »Es ist vieles anders gekommen, als ich es mir gewünscht hatte.«

Der alte Arzt wirkte etwas erholt. Das Leben fernab der Stadt und bei seiner Tochter schien ihm gutzutun.

Maria fand, sie hatte keine Zeit. Sie mußte schnell zurückfahren. Sie hatte viel zu tun.

Sie wußte noch nicht, was sie zu tun hatte, doch sie dachte, es bliebe ihr gar nichts anderes übrig, als etwas zu tun.

Am Abend setzte sich der Doktor an ihr Bett und redete von diesem und jenem. Als es Maria zuviel wurde, unterbrach sie ihn: »Sie meinen, ich hätte es nicht machen lassen sollen, Doktor?«

»Sprechen wir nicht davon. Es ist vorbei.«

»Ich hatte mich auf das Kind gefreut.«

»Du selbst hättest gern das Kind behalten. Ich weiß.«

»Hermann wollte auch, daß ich es behalte.«

»So? Wollte er das?«

»Ich weiß es bestimmt.«

»Mag sein. Du konntest nichts dafür. Du hast Hermann für tot gehalten, und dann ist er zurückgekehrt. Das Kind hätte dich immer an das Ganze erinnert.«

»Es ist nicht wegen der Erinnerung, Doktor. Es ist wegen Hermann, für den ich sorgen muß. Er kann im Gefängnis nicht für sich selbst sorgen. Er würde nichts haben, wenn er später herauskommt. Ich muß sehen, daß er etwas vorfindet, wenn er entlassen wird.«

»Schon gut, Maria.«

»Sie glauben mir nicht, Doktor?«

»Ich glaube, du hattest Angst vor dem Kind, weil es dich immer an seinen Vater erinnert hätte.«

»Warum sollte ich Angst davor haben, an Bill erinnert zu werden?«

»Weil der Mann tot ist, Maria, und weil du daran nicht erinnert werden möchtest.«

»Ich hatte keine Wahl, Doktor.«

»Schon gut, Maria. Schlaf jetzt.«

Der Arzt hielt Maria zwei Tage lang fest. Er wollte sie noch länger dabehalten, aber Maria war nervös und ungeduldig. Als sie am Bahnhof standen und der Zug einfuhr, sah der Doktor die junge Frau prüfend an und meinte: »Du hast den Habicht-Blick.«

Im Lärm der fauchenden Lokomotive und der ratternden Waggons wäre Marias Antwort untergegangen. Sie schwieg deshalb. Der Zug hielt. Sie stieg ein und suchte sich einen Fensterplatz.

Der Doktor blieb auf dem Bahnsteig. Maria öffnete mit Mühe das Fenster.

»Was habe ich für einen Blick?«

»Wie der Habicht, wenn er sich sein Opfer aussucht, um sich aus der Höhe drauf zu stürzen.«

»Nein«, sagte Maria, »ich suche kein Opfer, ich suche Arbeit.«

Der Zug ruckte an. Maria hielt sich mit beiden Händen am Fenstergriff.

»Sei vorsichtig, Maria!« rief der Doktor, neben dem fahrenden Zug herlaufend. »Man denkt, man baut sich ein Haus, dabei schaufelt man sich sein Grab!«

Weise Sprüche, dachte die junge Frau und winkte dem alten Mann, helfen mir nicht weiter. Klug bin ich alleine, aber das nützt gar nichts.

Der Zug gewann Tempo. Maria drängte sich durchs Gewühl der 2. Klasse. Sie betrat den 1.-Klasse-Waggon.

Ein Schaffner kam ihr entgegen.

»Ich möchte nachlösen. 1. Klasse. Was kostet das?«

»Das hängt davon ab, wie weit Sie fahren.«

Der Schaffner war ein großer Mann mit kurzgeschorenem blondem Haar und einer Binde über dem rechten Auge.

»Ich kann nur so weit 1. Klasse fahren, wie mein Geld reicht«, sagte Maria.

»Wieviel haben Sie denn?«

Sie zeigte es ihm.

»Damit kommen Sie schon ein Stück.«

Als Maria ihre Handtasche öffnete, um das Portemonnaie heraus-

Sie taxiert den einsamen Mann im Abteil
und lächelt.

zunehmen, griff sie zugleich nach Spiegel und Lippenstift. Während der Schaffner ausrechnete, wie weit sie 1. Klasse mit ihrem Geld fahren konnte, kontrollierte die junge Frau ihr Gesicht. Maria Braun, sagte Maria leise zu sich, du siehst aus wie Braunbier mit Spucke.

»Wie bitte?« fragte der Schaffner verblüfft.

»Bis gleich«, erwiderte Maria und verschwand im WC.

Als sie zurückkehrte, hatte sie sich mit flinken Fingern, Make-up und viel Rouge ein strahlend-frisches Gesicht gezaubert. Die Verwandlung fiel sogar dem einäugigen Schaffner auf. »Oh«, stieß er verwundert hervor.

»Uff«, machte Maria, »das ist aber eng in diesem WC. Ich dachte immer, die Toiletten in der 1. Klasse seien größer, weil doch die Leute hier meist dicker sind.«

Der Schaffner mit der Binde überm Auge wunderte sich gleich noch einmal: »Darüber habe ich noch nie nachgedacht.«

Er gab ihr Zuschlagskarte und Wechselgeld.

»Übrigens«, sagte Maria, »in dem ganzen großen Waggon sitzt ja nur ein Fahrgast. Ist die 1. Klasse immer so leer?«

»Kurz nach der Währungsreform«, antwortete der Schaffner, »hatte ich überhaupt keinen hier. Und jetzt kommen sogar Fahrgäste wie Sie. Wenn Sie mich fragen: von nun an geht's aufwärts.«

»Das will ich hoffen«, sagte Maria.

Sie taxierte den einsamen Mann im Abteil und lächelte. Wenn der Doktor sie so gesehen hätte, wäre ihm wohl wieder ihr Habicht-Blick aufgefallen. Doch der gute alte Arzt hatte leicht reden. Saß dort im Schwarzwald und päppelte sich auf, nein, wurde wohl aufgepäppelt von seiner Tochter. Maria dagegen hatte niemanden, der ihr half. Sie hatte nur sich selbst. Und den Mann im Gefängnis, für den sie sorgen mußte.

Als sie näher trat, blickte der Herr auf.

»Guten Tag«, sagte Maria, »ist hier noch frei?«

»Aber bitte«, antwortete der Herr, »überall, wo Sie wollen...«

»In Fahrtrichtung ist es mir am liebsten«, sagte Maria.

Der Herr half ihr aus dem Fohlenmantel, sein Blick überflog die schlanke junge Frau. Na, dachte Maria, während sie sich hinsetzte – der sieht genau hin. Was er sah, schien ihm nicht zu mißfallen.

»Sind wir uns nicht schon mal begegnet?«

»Ganz sicher nicht«, sagte Maria.

»Irgendwann früher?«

»Erst recht nicht.«

»So.«

Der Herr war irritiert.

Sie wollte ihm aus der Verlegenheit helfen, da kam der Schaffner.

»Die Fahrkarten bitte...«

Er betrachtete Marias 2.-Klasse-Billett und die Zuschlagskarte, als hätte er beides noch nie zu Gesicht gekriegt. Dabei hatte er die Dinger eben erst in Händen gehalten.

»Ihr Gepäck«, sagte der Schaffner und wies mit der Hand auf den Koffer, der im Gang stand.

»Bitte legen Sie den Koffer ins Gepäcknetz«, sagte Maria.

Der Schaffner erstarrte. Dann hob er den Koffer ins Netz.

»Danke«, nickte Maria.

»Gute Reise, gnädige Frau«, sagte der Schaffner.

Das klang ebenso passend wie unpassend, fand Maria. Doch reiste sie 1. Klasse und bereitete sich auf etwas vor.

Der einzeln reisende Herr betrachtete amüsiert die energische junge Frau, die den Schaffner so charmant zum Gepäckträger degradiert hatte. Er deutete eine leichte Verbeugung an und sagte: »Darf ich mich vorstellen, mein Name ist Oswald. Karl Oswald.«

»Angenehm.«

»Ich bin in der Textilbranche tätig.«

»Angenehm.«

Ein Glück, dachte Maria, daß ich wenigstens den Pelz anhab und nicht in meinem abgewetzten Samtmäntelchen reingekommen bin. Textilbranche. So einer hat doch einen Blick dafür.

»Zigarette?« fragte Oswald.

»Danke. Ich rauche nicht.«

»Ich auch nicht. Aber ich fahre gern Eisenbahn.«

»Warum?«

Karl Oswald (Ivan Desny)
will weniger nachdenken als mehr reden.

»Man kann so gut nachdenken dabei.«

»Ja«, sagte Maria, »das ist genau das, was ich die ganze Zeit versuche. Ich muß viel nachdenken.«

Der Herr Oswald blickte verständnisvoll auf die junge Frau ihm gegenüber. Man hatte etwas, das miteinander verband. Der eben entstandene Einklang reizte zur Fortsetzung der Konversation. Herr Oswald wollte jetzt weniger nachdenken und mehr reden. Er wußte nur nicht, wie er das am besten anstellte. Die Reisebekanntschaft schien ihn einerseits zu ermuntern, ja geradezu herauszufordern, andererseits machte die Dame einen sprunghaften und unberechenbaren Eindruck. Mit ihr konnte es einer schnell verderben, wenn er sich falsch benahm.

Die Waggontür würde aufgerissen. Ein jungenhafter, schmalschultriger Amerikaner stolperte herein. Er rief: »Hello, guys and dolls!«

Oswald antwortete leise: »Hallo.«

Der Amerikaner, offensichtlich angetrunken, beugte sich zu Oswald nieder und schrie: »Glad to meet you... hate being alone in this fucking old train going through this fucking old country.«

Herr Oswald sagte sehr leise: »Ich spreche lieber nicht englisch.« Maria hatte sich zurückgelehnt und die Augen geschlossen. Der Amerikaner war nicht zu bremsen: »You'r a bloody old German, but anyway you could be my bloody good friend.«

Oswald dämpfte seine Stimme noch mehr: »Die Dame... schläft... vielleicht könnten Sie...?«

Der nach Whisky duftende Ami setzte sich und sagte vertraulich zu dem abweisenden Oswald: »You got a nice little lady, boy. She's your little lady, buddy? You see, I'm lonely Richard, as my friends call me, and I haven't had a girl for the last two weeks... she really is a beauty, isn't she... Tell me, what's about fucking...?«

Maria öffnete die Augen und sagte, ohne im geringsten die Stimme zu heben: »To answer your question: I'm really the best you could ever be fucked by, although I doubt you will have the chance after I've kicked you in your bloody old prick, that your bloody old balls will drop off. And now, Sir, you better fuck immediately otherwise

I would be forced to call the military police to get you bloody old son of a bitch in jail.«

Marias Ausfall hatte eine erstaunliche Wirkung, die Maria selbst am meisten überraschte.

Der junge Amerikaner sah erst so aus, als wolle er sich auf die Deutsche, die ihn da derart runterputzte, stürzen. Mit jedem Satz, den die Frau sprach, verlor der Angetrunkene aber an Energie. Bei Marias letzten Worten fuhr er zurück wie vor dem Leibhaftigen.

Als Maria geendet hatte, entstand eine kurze Pause. Der Amerikaner schloß die Augen. Als er sie wieder öffnete, erhob er sich und salutierte wie vor einem Vorgesetzten, wobei er mehrmals wiederholte: »Yes, Sir... Yes, Sir...«

Dann trat er den Rückzug an.

Oswald schüttelte den Kopf und fragte: »Donnerwetter, was haben Sie ihm denn alles gesagt?«

Maria erwiderte freundlich: »Oh, ich habe gesagt: Sie sind Karl Oswald, Textilbranche, Sie fahren gerne Eisenbahn, Sie rauchen nicht und möchten die Zeit nutzen, um ein bißchen nachzudenken.«

Oswald erkundigte sich: »Wo haben Sie so gut Englisch gelernt?«

»Im Bett«, antwortete Maria.

Er zuckte ein bißchen zusammen, dann fragte er: »Darf ich Sie in den Speisewagen einladen? Ich würde gern etwas mit Ihnen besprechen... geschäftlich.«

Maria erhob sich: »Das ist eine gute Idee. Kommen Sie.«

Maria nahm den Duft feiner Speisen wahr. Es war für sie der Geruch von Erfolg und Luxus. Jedenfalls nahm sie ihn als Versprechen für den Erfolg, der sich bald einstellen würde.

Sie war nie zuvor in einem Speisewagen gewesen. Sie war bisher auch nur selten und nie sehr weit gereist. Es hatte immer gerade für die Fahrkarte gelangt. Man packte sich Butterbrote und einen Apfel ein für unterwegs. Wer den Speisewagen aufsuchte, mußte Geld übrig haben. Maria hatte noch nie auch nur eine Mark übrig gehabt.

Es war ihre erste Reise 1. Klasse, und sie saß das erste Mal im Speisewagen.

Und sie war nicht allein.

Ihr gegenüber saß Herr Oswald und gab sich große Mühe, sie zu unterhalten. Das gelang ihm gut, vielleicht, weil Maria sich von ihm unterhalten lassen wollte, vielleicht, weil Herr Oswald ein interessanter und unterhaltsamer Mensch war.

Wenn er sprach, bekam sein zerrissenes und zerfurchtes Gesicht noch mehr Risse und Furchen. Das deutete auf Alter hin. Noch vor wenigen Wochen hätte Maria einen Mann wie Oswald als viel zu alt für sich befunden. Der Doktor mochte etwa in seinen Jahren sein. Jedenfalls zählten solche Männer zu einer Generation, die die Liebe längst hinter sich hatte.

Längst hinter sich?

Den Textilmenschen Oswald betrachtend, korrigierte Maria ihre bisher beibehaltenen Jungmädchenmaßstäbe. Für sie war Hermann die erste große Liebe gewesen. Dann hatte es geheißen, Hermann sei tot, und so hatte sie Bill mit in ihr Bett genommen. Eine Frau muß einen Mann haben.

Maria speiste langsam und mit Genuß. Sie dachte: Ich habe bisher nie gespeist, ich habe immer gegessen. Ich hatte stets meinen Hunger zu stillen, kaum meinen Appetit.

Sie betrachtete den Mann, dem sie die beste Mahlzeit zu verdanken hatte, die die Speisewagenküche bot. Plötzlich sagte sie sich, die Falten in seinem Gesicht entstammten dem Leben, nicht dem Alter. Die Verschiedenheit der Ursachen hatte sie sich bisher nie vorgestellt. Sie war neugierig auf den Menschen Oswald und lauschte seiner etwas heiseren, doch angenehmen Stimme. Er sprach vorsichtig abwägend, als müsse er auf der Hut sein. Man wußte nicht, fürchtete er eine Gefahr, oder hielt er sich aus Höflichkeit dem Partner gegenüber zurück.

Es war schwer zu durchschauen, woran man war mit diesem Herrn. Konnte sein, er offenbarte sich plötzlich als feindselig, hinterhältig, bösartig. Konnte sein, war aber nicht wahrscheinlich.

Nein, dachte Maria und warf ihrem Gegenüber zwischen zwei Bissen einen forschenden Blick zu.

»Ja?« fragte Oswald.

»Ich glaube, Sie wollten mich etwas fragen.«

»Stimmt«, antwortete Oswald, und in seiner Stimme war nicht das geringste Zögern. »Ich biete Ihnen Arbeit an in meiner Firma. Für eine Probezeit von drei Monaten. Wenn wir sehen, daß wir nicht miteinander auskommen, trennen wir uns.«

»Wem wäre ich unterstellt?«

»Mir.«

»Nur Ihnen?«

»Ja. Mit meinem Prokuristen Senkenberg werden Sie sich verständigen. Ebenso mit den übrigen Herren.«

»Damen gibt's bei Ihnen nicht?«

»Nicht in leitenden Positionen.«

»Also würde ich den Anfang machen?«

»Wir könnten es jedenfalls probieren.«

»Wie lautet die genaue Bezeichnung für meine Tätigkeit?«

Siebtes Kapitel:

Hermann spricht mit den Tauben

Später begriff Maria, sie hatte mit ihrer Frage im Speisewagen selbst entschieden, wie es weitergehen würde. Oswald hatte bis dahin nicht genau gewußt, was er wollte. Er war ein Mann mit vielen und großen Wünschen, doch dauerte es lange, bis er sich seiner Wünsche so sicher war, daß er sie zielsicher verfolgte. Er hatte zu viele Niederlagen einstecken müssen im Leben, und so traute er sich nicht, seine Wünsche zu äußern. Ihm schien, seine wichtigsten Pläne seien nur zu oft der Beginn einer Niederlage gewesen. Deshalb mißtraute er gerade seinen heftigsten Sehnsüchten und Begierden.

Während sie im Speisewagen saßen und miteinander sprachen, gab es eine Vielzahl von Möglichkeiten für Oswald, und er selbst hätte sich wohl für keine einzige mit Bestimmtheit entschieden, wäre Maria ihm mit ihrer direkten Frage nicht zu Hilfe gekommen.

Maria hatte das Gespräch schon vorher in diese Richtung gebracht. Oswald war es recht gewesen. Er hatte auf jede Frage wahrheitsgemäß geantwortet. Ohne Marias weitertreibende Reden wäre er nie so weit gelangt. Das gefiel ihm, und es amüsierte ihn gleichzeitig. Er kam sich jetzt ganz als der galante Weltmann vor, der er gern gewesen wäre.

Wenn diese junge Frau ihn nach der genauen Bezeichnung des Jobs fragte, den er ihr anbieten wollte, so war er gezwungen, sich einen solchen Beruf tatsächlich einfallen zu lassen. Bis zu diesem Moment war es mehr ein Spiel gewesen. Man hätte auch eine feine frivole Anzüglichkeit ins Spiel bringen können. Doch das wäre bei dieser jungen Dame kaum gut angekommen. Sie erwartete eine verbindliche Auskunft.

Oswald antwortete: »Sagen wir, Sie werden eingestellt als mein – persönlicher Referent.«

»Ihre persönliche Referentin«, verbesserte ihn Maria.

»Ist mir auch recht.«

»Wie persönlich, Herr Oswald?«

»Sie möchten alles genau wissen?«

»Ganz genau.«

»Das entscheiden Ihre Fähigkeiten und Aktivitäten. Sie sind mein – Adjutant.«

»Das ist mir zu militärisch«, sagte Maria.

»Also schön, meine Assistentin.«

»Wobei soll ich assistieren?«

»Wir haben Beziehungen zur amerikanischen Besatzungsmacht und seit kurzem zu amerikanischen Firmen. Mein Englisch ist nicht das beste, und meine Geschäftspartner aus Übersee verstehen nur selten französisch.«

»Sind Sie Franzose, Herr Oswald?«

»Nein. Ich bin 1933 nach Frankreich emigriert. Ich weiß nicht, ob Sie das verstehen, aber ich habe bis 1945 kein deutsches Wort mehr gesprochen, ich habe es nicht über die Lippen gebracht. Begreifen Sie das?«

»Nein, aber ich glaube Ihnen.«

»Wollen Sie für mich arbeiten? Wollen wir darauf anstoßen?«

Maria hob ihr Glas.

Oswald lächelte und erklärte: »Senkenberg ist ein umgänglicher Mensch. Und ich bin es auch.«

Maria trank.

Sie setzte den Sektkelch ab und antwortete: »Ich nicht.«

Oswald beobachtete Maria Braun genau. Er war erfahren genug, es sie nicht merken zu lassen. Er wollte diese Frau engagieren, obwohl er noch nicht wußte, wofür.

Der Textilfachmann wirkte weltmännisch und sicher. Wer mit ihm zu tun hatte, den überzeugte er. Von sich selbst war Oswald nicht immer überzeugt.

Immerhin war er fähig, tüchtige Leute für die Firma zu gewinnen. Darin bestand seine Stärke. Was hätte er angefangen ohne Senkenberg? Es kam darauf an, den richtigen Mann oder die richtige Frau am richtigen Platz für sich arbeiten zu lassen. Nur wußte er nicht, ob er Maria für sich arbeiten lassen wollte. Er konnte sich auch etwas anderes vorstellen. Das wiederum stellte er sich nicht genau vor.

Alles an dieser Frau imponierte ihm. Ihre Energie, ihr Aussehen, ihre Offenheit. Man durfte ihr wohl vertrauen. Ja, manchmal war da dieser raubvogelhafte Blick, der einen ängstigen konnte. Dann wieder war ihr Blick freundlich, wenn nicht zutraulich und naiv wie bei ganz jungen Mädchen. Nein, er war sich nicht klar über diese Frau Braun. Aber er wollte sich über sie klarwerden. Es hatte damit keine Eile. Oswald war nicht mehr jung, aber noch immer neugierig: auf fremde Länder, Frauen, Freuden.

Ein Textilfachmann mit Phantasie.

Daheim fand die große Abschiedsversammlung in der Wohnküche statt. Die Mutter steckte sich eine Zigarette an der anderen an und war ganz Kummer und Sorge. Willi und Betti waren als Verstärkung geholt worden. Sie hatten inzwischen geheiratet und eine eigene Wohnung bezogen. Sie turtelten miteinander und versuchten seit Monaten schon, ein Kind zustande zu bringen.

Das war ihnen noch nicht geglückt. Um so mehr turtelten sie. Betti hatte sich verändert. Ihr Haar glänzte, ihre Wangen waren rot, ihre Augen leuchteten.

Willi war noch magerer als früher. Sein Gesicht, das an das eines edlen Pferdes erinnerte, zeigte scharfe Konturen. Von ihm ging eine Anspannung aus, die Maria zum ersten Mal bemerkte. Ehrgeiz hatte ihn gepackt. Er war der Gewerkschaft beigetreten und der SPD. Ganz neue Sätze tauchten in seinen Reden auf. Der Bursche machte sich.

Marias Mutter klapperte beim Tischdecken mit dem Geschirr. Sie war nervös und streute ihre Zigarettenasche über Teller und Gläser, die sie vorher besonders lange poliert hatte.

»Weiß Hermann schon, daß er keinen Jungen haben wird?« fragte die Mutter.

»Ich sag's ihm beim nächsten Besuch, Mama.«

»Er wird traurig sein.«

Maria stimmte ihrer Mutter heimlich zu. Hermann hatte sich inzwischen so an den Gedanken gewöhnt, einen Sohn zu haben, daß er darüber ganz zu vergessen schien, wer der Vater des Jungen war. Im stillen fürchtete Maria, er hätte sich später daran erinnert. Weiße Eltern und ein farbiges Kind. Vielleicht hätte Hermann das verkraftet. Aber Maria war sich nicht sicher. Außerdem kam es darauf jetzt nicht mehr an. Was sie brauchte, war Ellbogenfreiheit. Der Ton auf Ellbogen und auf Freiheit. Sie hatte begriffen, sie mußte kämpfen. Sie wußte nicht, wie die Welt beschaffen war, in der sie kämpfen würde, aber ihr war klar, man bekam nichts geschenkt. Von keinem. Auch nicht von Herrn Oswald. Von ihm schon gar nicht.

»Vielleicht wird Hermann auch nicht traurig sein, wenn er es erfährt«, sagte Betti herausfordernd.

Sie nahm ein Geschirrtuch und putzte die Zigarettenasche von Gläsern und Tellern.

Ach Betti, dachte Maria, du zerbrichst dir meinen Kopf.

»Du solltest wenigstens nicht gleich hier ausziehen«, jammerte die Mutter. »Wer wird denn für dich sorgen? Und überhaupt. Wenn du nun den ganzen Tag arbeitest, dann ist es besser, ich nehme dir alles andere ab.«

»Genau das ist es, was ich nicht will«, antwortete die Tochter.

»Laß Maria mal machen«, meinte Willi.

Maria nickte ihm zu. Sie war dankbar für seinen Einwurf und zweifelte zugleich. War sie stark genug, alles, was auf sie zukam, allein durchzustehen?

»Ich weiß nur, daß ich anfangen muß«, sagte sie, »wegen mir und auch wegen Hermann.«

»Ich versteh' dich nicht«, sagte Betti.

»Verlang' ich auch nicht von dir«, erwiderte Maria.

»Wir sind doch auch für uns«, sagte Willi zu seiner Frau.

»Wir sind ja auch zu zweit«, antwortete Betti schnell.

Karl Oswald,
der erfolgreiche Geschäftsmann aus der Textilbranche.

»Wir sind auch zu zweit«, fuhr Maria dazwischen, »Hermann und ich.«

»Schöne Zweisamkeit«, höhnte die Mutter, »Hermann in seiner Zuchthauszelle und du allein in einem Zimmer!«

Sie hatten mit dem Essen angefangen.

»Dein Kartoffelsalat ist wunderbar«, sagte Maria lächelnd.

»Das will ich meinen, daß der gut ist. Zwei Eigelb hab' ich genommen für die Mayonnaise... du glaubst ja gar nicht, was es jetzt schon wieder alles zu kaufen gibt.«

Das Lob hatte die Mutter mit Freude erfüllt. Jetzt kehrte ihr Kummer zurück. Argwöhnisch erkundigte sie sich: »Wirst du auch gut verdienen, Kind?«

Maria nickte.

»Ist er eigentlich verheiratet, dein Herr Oswald?« fragte Betti und nahm sich noch mal von dem guten Kartoffelsalat.

»Stell dir vor, das hab' ich nicht gefragt«, gab Maria zurück.

Betti ließ sich nicht beirren: »Was zahlt er dir denn, dein – Chef? Ich meine, als blutige Anfängerin...«

Maria bekam ihren Raubvogelblick. »Was er zahlt, werde ich mit ihm besprechen, wenn er weiß, was ich wert bin.«

»Weiß er das denn noch nicht?« fragte Betti scheinheilig.

»Ich finde, es reicht nun«, sagte Maria und stand auf.

Betti wurde blitzschnell wieder die gute alte Freundin. »Aber Maria«, sagte sie, »warum so empfindlich?«

»Ich glaube, ich habe mich sehr verändert«, antwortete Maria.

»Nein, nein«, begütigte Betti, »kein Mensch kann dir anmerken, was du gerade durchgemacht hast.«

»Na«, murmelte Willi, »Maria hat das anders gemeint.«

»Und wenn es wirklich so ist, wie Betti vorhin vermutete?« fragte die Mutter.

Willi sagte: »Was soll so sein?«

»Na, das mit dem Herrn Oswald«, antwortete die Mutter. »Vielleicht ist er doch nur auf unsere Maria aus.«

Ganz leise und kalt sagte die Tochter: »Versteht ihr jetzt, warum ich hier ausziehen muß?«

Die Feuerprobe in Oswalds Büro kam schneller, als es Maria lieb war. Sie hatte sich noch nicht eingewöhnt. Es war alles neu und fremd: die Menschen und die Maschinen fürs Schreiben und Rechnen.

Ein Strom geheimnisvoller Papiere schob sich durchs Büro von Schreibtisch zu Schreibtisch. Es gab viele Worte, die Maria nicht verstand, weil sie die Tätigkeiten nicht verstand.

Es gab Stunden, da saß sie vor ihrer Arbeit und hatte einen Blick, der war nicht raubvogelhaft und nicht jungmädchenhaft naiv, der war einfach leer. Maria war verzweifelt und bereit, den Kram hinzuwerfen.

Dann, am Ende des ersten Monats, kreuzten die beiden schwergewichtigen Amerikaner auf, und Herr Oswald rief Maria in sein Büro zum Dolmetschen.

Die Amerikaner waren nicht übel, wollten aber schnell zur Sache kommen und waren dann auch bald unzufrieden, obwohl Maria die zögernden Worte Oswalds viel direkter übersetzte und zum Schluß absichtsvoll vergröberte.

Maria bemerkte, Senkenbergs Einfluß ließ Oswald noch vorsichtiger verhandeln, als es sowieso schon in seiner Natur lag. Sie begriff nicht recht, um welche technischen Einzelheiten es ging, aber sie begriff, daß über die Bestellung wichtiger und neuer Maschinen für die Textilproduktion zu entscheiden war.

Senkenberg wollte nur einen Teil der Anlage kaufen, Oswald wäre gern größer eingestiegen, doch sein Prokurist hielt ihn zurück. Das Geschäft überstieg die Finanzkraft ihres Unternehmens. Da halfen auch Kredite nichts.

»Ich werde nicht dulden, daß Sie mit offenen Augen in Ihr Unglück rennen«, sagte Senkenberg zu seinem Chef.

Der ältere Amerikaner, offensichtlich mit mehr Befugnissen ausgestattet als sein Begleiter, registrierte die Spannung zwischen Oswald und Senkenberg. Er formulierte ein Entweder-Oder. Seine Stimme klang schroff.

»Wie bitte? Was?« fragte der Prokurist mißtrauisch. Er verstand etwas Englisch, aber nicht genug, um jedes Wort zu erfassen.

Maria Braun bekommt eine Chance
als Dolmetscherin.

Maria sagte: »Er hat noch mal betont, seine Firma, die PENCY, liefere nur komplette Anlagen, niemals Einzelteile.«

Das zerknitterte Gesicht des akkuraten Prokuristen wurde noch knittriger. Wenn es in diesem Moment auf der Welt einen sorgenvollen Menschen gab, so war es offensichtlich Senkenberg.

»Bei einer seriösen Finanzierung können wir uns nicht mehr als die beiden SE-Maschinen leisten!« rief er und streckte erregt die Hände von sich, als gelte es, die anderen Maschinen abzuwehren.

»Man muß auch mal was wagen«, warf Maria ein.

Der schweigsamere der beiden Amerikaner schien sie zu verstehen. Er nickte ihr zu.

»Wir sind ein solider Mittelbetrieb«, erklärte Oswald, »und wir sind keine Hasardeure. Aber, mein lieber Senkenberg, wir sollten hier vielleicht einmal in anderen Größenordnungen denken. Ein wenig Mut zum Risiko...«

»Wir sind doch hier nicht beim Pferderennen«, protestierte der Prokurist bissig.

Maria sah, wie die Amerikaner sich mit einem Blick verständigten und ihre Papiere zusammenrafften.

»Wenn wir ihnen nicht schnell was Definitives sagen, werden die beiden Herren die Tür von draußen zumachen.«

Oswald schaute Maria an und dann Senkenberg.

»Also, was ist?«

Maria wandte sich energisch an die beiden amerikanischen Geschäftsleute: »Just a few seconds, gentlemen, we are just coming to a decision.«

Die beiden lächelten der jungen Frau höflich zu, begannen aber zugleich ihre Prospekte und Notizen in die Aktenköfferchen zu packen.

Oswald sagte schnell und lauter, als man es von ihm gewöhnt war: »Mensch, Senkenberg, jetzt versuchen Sie doch einmal in Ihrem Leben nicht Senkenberg zu sein, sondern Napoleon, oder Blücher, wenn Ihnen das lieber ist.«

»Ich bin am liebsten Senkenberg«, erklärte Senkenberg kühl.

Dann gab er sich einen Ruck und verzog schmerzlich das Gesicht:

»Also meinetwegen *drei* SE-Maschinen, wenn wir die Lager beleihen und wenn der ERP-Kredit bewilligt wird und wenn...«

Oswald schrie jetzt: »Wenn, wenn! Natürlich wenn, das ist unser Beruf! Wir sind Kaufleute und keine Buchhalter!«

»Entschuldigen Sie, ich bin Buchhalter«, antwortete Senkenberg.

Der ältere Amerikaner faßte zusammen: »To tell you the very truth, gentlemen, we are just going to be tired of it.«

»Was hat er gesagt?« fragte Senkenberg.

Maria antwortete: »Er hat das bisherige Verhandlungsergebnis zusammengefaßt...«

»Ich hab' irgendwas verstanden, daß er müde ist oder so...«

»Ist das ein Wunder?« höhnte Maria. »Er hat es satt. Das ewige Hin und Her kotzt ihn an.«

»Aber, aber er – erlauben Sie mal...«, stotterte Senkenberg.

Oswald fühlte sich nicht wohl in seiner Haut. Ohne Zweifel war Nylon die Faser der Zukunft. Die Möglichkeiten der Verwendung faszinierten ihn. Gleichzeitig scheute er die notwendigen riesigen Investitionen für die technischen Anlagen. Bedachte er die mehr als gewagte Finanzierung, kam er sich vor wie ein Seiltänzer. Würde er den Balanceakt überstehen, oder legte er sich einen Strick um den Hals – einen schönen, haltbaren Nylonstrick?

»Darf ich etwas vorschlagen?« fragte Maria.

»Ja?« Oswald war erleichtert.

»Sie beide gehen jetzt nach nebenan und trinken in aller Ruhe einen Cognac. Mir lassen Sie eine halbe Stunde Zeit für unsere Amerikaner...«

Senkenberg reagierte so geschwind wie noch nie während dieser ewig zähen Verhandlungen. »Das ist nicht seriös, Frau Braun. Sie überschreiten Ihre Kompetenzen. Ihre Aufgabe ist es zu dolmetschen und sonst gar nichts.«

Maria sagte ruhig zu Oswald: »Herr Senkenberg hat vielleicht recht. Ich verstehe nichts vom Geschäft, aber ich verstehe was von Frauen, von Geweben, die praktisch sind und haltbar. Dafür braucht man keine doppelte Buchführung, bloß ein bißchen gesunden Menschenverstand.«

»Diese Frau macht mich krank«, stöhnte der Prokurist. »Sie mischt sich ein und hat nicht die geringsten finanziellen Erfahrungen...«

»Dann macht sie eben jetzt welche«, meinte Oswald und schob Senkenberg vor sich durch die Tür.

Maria wandte sich den beiden Amerikanern zu, die kaum etwas von dem erregten Wortwechsel verstanden hatten. Beide lehnten am Tisch, die Aktenkoffer in der Hand. Maria lächelte: »Now, gentlemen, let me first say...«

Die Herren setzten sich wieder. Vielleicht war das für sie doch kein verlorener Tag.

Am Sonntag nachmittag besuchte Maria ihren Mann im Gefängnis. Der Besuchsraum war überfüllt, man wies Angehörige und Häftlinge in ein Behelfszimmer, was von Vorteil war. Hier gab es keine Sperrdrahtgitter. Maria und Hermann saßen sich an einem kleinen Tisch gegenüber und konnten einander mit den Händen berühren. Der aufsichtführende Beamte blinzelte träge in die Sonne und schien sich nur um den Zeitablauf zu kümmern.

Maria fand, Hermann sehe schlecht aus, blaß und erschöpft. Als sie ihn darauf ansprach, wehrte er ab. Er fühle sich gut, sei die rechte Hand des Kalfaktors, was ihm manche Vergünstigung verschaffe.

»Glaub mir, langsam aber sicher mach' ich Karriere im Knast. Ganoven unter sich. Der vormalige Meisterdieb, mein Freund Kalbach, läßt mich nicht verkommen.«

»Ich mag es nicht, wenn du so redest«, sagte Maria.

»Ich hab' heut wenig Glück bei dir, erst gefällt dir mein Gesicht nicht, und meine schönen Geschichten willst du auch nicht hören...«

»Hermann, bitte, Hermann...«

»Ich weiß, wie ich heiße.«

Maria kämpfte die aufsteigenden Tränen nieder. Wir haben eine halbe Stunde, dachte sie, wir halten uns bei den Händen und sind so weit voneinander getrennt wie sonst nicht mal durch den verdammten Maschendraht.

Krampfhaft suchte sie das verfahrene Gespräch zu wenden. Sie streckte ihr rechtes Bein neben dem Tisch vor und sagte: »Schau, die besten Nylons, die heute auf dem Markt sind. Ich habe sie von zwei Amerikanern...«

Sie verstummte. Es war ihr klargeworden, wie mißverständlich ihre Worte klangen.

Hermanns Gesicht blieb ausdruckslos.

Sie sprach rasch weiter: »Ich hab' einen tollen Abschluß gemacht, ein Riesengeschäft, weißt du. Die Firma wird eine Menge Nylons produzieren. Die Strümpfe sind ein symbolisches Geschenk.«

»Ich verstehe«, sagte Hermann, »symbolisch.« Er brachte das ganz sachlich vor.

»Ich bekomme einen Anteil vom Gewinn, und das Geld wird uns beiden helfen.«

»Wird noch 'ne Weile dauern, bis es mir helfen kann.«

Sie drückte seine Hände fester. »Ich werde ein Haus für uns bauen.«

Gott sei Dank, er lächelte.

»Du sammelst ein Vermögen an für mich?«

»Für wen denn sonst, Hermann?«

»In der griechischen Sprache gibt es ein Wort für die, die man für sich arbeiten läßt. Auf deutsch bedeutet es soviel wie ›Männergefüß‹.«

»Ich bin dein ›Männergefüß‹. Nein, ich bin deine Frau. Sag, daß ich deine Frau bin.«

»Es war ein dummer Vergleich. Du bist Maria, meine Frau.«

Er wirkte jetzt ganz ruhig. Maria dachte: Ich muß ihm etwas sagen. Ich muß ihm sagen, was ich denke. Wenn es mir heute nicht gelingt, wird es zwischen uns fortan nur noch Unwahrheit geben.

»Berührungen sind nicht gestattet!« sagte der aufsichtführende Beamte.

Maria zog ihre Hände zurück.

»Ich werde mich vielleicht verändern in den nächsten Jahren.«

Sie beobachtete Hermann, aber er zeigte keine Reaktion. Sie wußte nicht, ob ihre Worte so verstanden worden waren, wie sie sie gemeint hatte. Wie sollte sie deutlicher werden, ohne den Mann zu verletzen? Er sollte ihrer sicher sein, und er sollte zugleich wissen, was sie sich vorgenommen hatte.

Zu ihrem Erstaunen sagte Hermann ganz sachlich: »Ich verstehe. Du hast dir alles sehr genau überlegt.«

So dankbar wie jetzt war sie nur einmal gewesen, im Gerichtssaal, als Hermann die Schuld auf sich genommen hatte.

»Es geht nicht anders, ich werde mich sehr verändern.«

»Schon gut, Maria, und ich werde dich immer wiedererkennen.«

Der Beamte trat zwei Schritte vor. »Die Zeit ist jetzt um!«

»Im Gegenteil«, sagte Maria leise zu Hermann, während sie beide aufstanden, »die Zeit fängt erst an.«

Hermann war wieder in seiner Zelle. Am oberen Rand des vergitterten Zellenfensters endete das undurchsichtige Milchglas.

Durch einen schmalen Streifen Fensterglas konnte man auf das dunkle Schieferdach des gegenüberliegenden Trakts blicken. In dem schmalen Ausschnitt, den Hermann sehen konnte, saß oft ein Taubenpärchen. Er nannte sie Paula und den Täuberich Paul. Mit der Zeit gewöhnte er sich daran, Paul und Paula alles zu erzählen. Er saß auf dem Holzschemel und redete. Wenn er das Fenster den schmalen Spalt öffnete, den es zu öffnen war, hörte er das Gurren der beiden Tauben.

Hermann sagte zu Paul und Paula: »Maria wird arbeiten, und ein Haus wird sie auch bauen, und schließlich wird sie mich hier rausholen. Ich weiß nur nicht, wie das am Ende gehen soll mit uns beiden.«

Die Tauben gurrten.

Wenn ich mir vorstelle, was da draußen alles geschieht, könnte ich verrückt werden.

Maria in der Textilfirma. Ein prosperierendes Unternehmen. Gewinnbeteiligung hatte sie gesagt und hauchdünne Nylons an den schönen Beinen getragen. Er hatte sich nichts anmerken lassen, dazu war Hermann schon zu lange eingesperrt, erst im Lager, dann hier im Knast. Es grämte ihn, daß er sich am Anfang nicht besser beherrscht hatte. Die Tränen waren Maria in die Augen gestiegen. Er schwor sich, sie nie mehr zum Weinen zu bringen, fortan wollte er nach außen so tot aussehen, wie er sich innerlich fühlte.

»Wird schon alles gut werden«, sagte er Richtung Paul und Paula. Die flogen davon.

Am Montag kam Oswald zu Maria ins Büro. Sie bediente weiter die Rechenmaschine. Er stand da und brachte kein Wort heraus. Sie wollte es nicht übertreiben und sah auf.

»Ja?«

»Ich...«

»Sie wollen mich einladen«, sagte Maria, »zum Essen, nehme ich an, um das abgeschlossene Geschäft zu feiern...«

»Sie sind einverstanden?«

»Ja. Sonst noch Wünsche?«

Herr Oswald wußte nicht, sollte er die Frage bejahen oder verneinen. Zwar hätte er sie gern bejaht, doch fürchtete er eine Zurückweisung. Also sollte er besser verneinen. Aber dann hätte er gelogen. So im Widerstreit stand Oswald vor Maria.

Sie sagte: »Darüber, daß Sie was von mir wollen, läßt sich reden. Nur will ich jetzt erst etwas von Ihnen.«

»Bitte?«

»Darüber werden wir beim Essen sprechen.«

Oswald lächelte sie an. Es war klar, was er erhoffte und sich ausmalte. Maria dachte: Ich verstehe dich gut, aber du wirst zuerst meine Arbeitsleistung gut honorieren müssen. Plötzlich fiel ihr Vevi von der Bar ein. Vevi, die nur mit Männern schlief, die den damals ungeheuer teuren Sekt beschaffen konnten. Vevi, die den Sitz der Liebe mit einem Fingerzeig auf den Bauch ortete und sich doch mit fast mütterlicher Fürsorge Marias angenommen hatte. Es mochte ja sein, daß die Liebe im Bauch saß, aber das war nicht alles. Für Maria gab es einen Mann, der saß im Gefängnis, und für ihn mußte sie Geld ansammeln. Ihre Liebe zu Hermann saß in ihrem Kopf und in ihrem Bauch und überall.

Sie speisten im Schloßhotel draußen vor der Stadt, das für seine gute und teure Küche bekannt war. Maria hatte es nicht anders erwartet. Sie kannte Oswalds Vorliebe für das Hotel bereits. Er machte kein Geheimnis daraus, daß er hier oft aß und manchmal auch wohnte.

Zu Marias Verblüffung stieg Senkenberg mit in den Wagen, als sie vom Büro losfuhren. Senkenberg schien von der Anwesenheit Marias gar nicht begeistert zu sein. Er war noch gehemmter als sonst. Seine Augen hinter der starken Brille zogen sich zusammen zu einem schmalen Spalt.

Oswald war fröhlich. »Jetzt feiern wir einen Abschluß, den wir gar nicht gemacht haben, weil ihn Frau Braun gemacht hat.«

Dafür wirst du zahlen, dachte Maria. Wir werden sehen.

»Er hat mich einfach mitgeschleppt«, sagte Senkenberg und wies auf Oswald.

»Sie brauchen zur Abwechslung mal einen Ausflug in die Umgebung und eine gute Mahlzeit«, sagte Maria, »sonst werden Sie uns noch magenkrank.«

»Das ist er schon!« rief Oswald.

»Ich war magenkrank«, protestierte Senkenberg, »aber seitdem ich diese Pillen nehme, ist mein Magen in Ordnung.«

Er holte eine kleine Kapsel hervor, öffnete sie und schluckte eine Tablette.

»Heute müssen Sie so viel essen, daß Ihnen der Magen platzt!« rief Oswald lachend.

Senkenberg sah Maria verzweifelt an. Diese Art des Humors von Herrn Oswald fand Senkenbergs äußerste Mißbilligung. Er hielt Humor für eine Geschäftsschädigung, seine Stirn furchte sich.

»Das ist ein Ausflug mit Überraschungen«, sagte Maria.

»Ja«, erklärte Oswald, »und die größte kommt erst noch.«

»Da bin ich aber gespannt«, meinte Maria.

»Leider werde ich davon nichts erfahren«, sagte Senkenberg.

»Warum nicht?« fragte Maria.

»Weil ich schon gegangen sein werde, wenn es soweit ist«, antwortete Senkenberg mit einer kalten, sachlichen Selbstverständlichkeit, die Maria ihm nie zugetraut hätte.

Achtes Kapitel:

Maria und Herr Oswald

Die Kellner trugen das Geschirr ab. Oswald prostete Maria zu. Seine Augen glänzten. Es klang noch immer so, als sei er seiner Worte nicht sicher, während er sprach, als müsse er die Worte mühsam suchen, doch der Sekt belebte ihn, und man merkte, er suchte keine Worte, sondern war seiner Worte vollkommen sicher. Es war nur einfach seine Art, bei allem zu zögern; so zögerte er im Geschäft und beim Verhandeln und beim Sprechen. Aber er wußte schon, was er wollte.

Oswald sagte: »Maria Braun, Sie haben sich um das Wohl der Firma verdient gemacht.« Er stieß mit Maria an, trank und wandte sich an Senkenberg: »Los, Senkenberg, und jetzt Sie!«

Der akkurate Prokurist setzte seine säuerlichste Miene auf und meinte: »Ich würde lieber erst in fünf Jahren auf das Wohl der Firma anstoßen. Falls es sie dann noch gibt.«

Maria lachte.

Oswald blickte seinen Prokuristen mißbilligend an. Er schüttelte den Kopf. »Sie sind langweilig, Senkenberg. Mit Leuten wie Ihnen erlebt man rein gar nichts.«

»Das ist auch nicht meine Aufgabe. Ich gehe dann wohl besser.« Senkenberg stand auf.

Oswald hielt ihn zurück. »So war das doch gar nicht gemeint. Seien Sie kein Frosch. Sie sind der beste Prokurist der Welt und der gewissenhafteste Finanzchef, nur besitzen Sie nicht einen Funken Phantasie.«

»Ich finde nicht, daß das ein Vorwurf ist«, warf Maria ein. »Bei einem Prokuristen wie Herrn Senkenberg wäre Phantasie geschäftsschädigend. Einer muß schließlich das Geld zusammenhalten und für eine Finanzplanung einstehen und die Kredite beschaffen. Wo wären sonst Sie, Herr Oswald, mit Ihrer Firma, wenn Sie Herrn Senkenberg nicht hätten? Sie wären vielleicht beim Pferderennen.«

»Hoppla – das haben Sie gut gesagt. Ich fühle mich durchschaut. Unsere Frau Braun ist mir auf die Schliche gekommen«, sagte Oswald.

Senkenberg lebte sichtlich auf. Er ergriff sein Glas. »Ich möchte mit Ihnen anstoßen, Frau Braun.«

Sie stießen an. Oswald konnte sich nicht zurückhalten. Er sagte: »Bitte rechnen Sie nun in Ruhe aus, wann wir genau bankrott sein werden, mein lieber Senkenberg. Sagen Sie es mir dann laut genug, damit ich es höre. Ich will mich auf den Tag des Bankrotts freuen. Von da an gehe ich täglich zum Pferderennen.«

Senkenberg deutete eine Verbeugung an. »Ich darf mich jetzt verabschieden. Es war ein anstrengender Tag, und ich bin etwas müde und überhaupt. Aber ich freue mich, daß ich in Frau Braun einen so guten Gegner habe.«

Er ging. Oswald sah ihm nach. »Er ist schrecklich altmodisch und schrecklich ehrlich«, sagte er, »und ohne Senkenberg wäre ich längst kaputt.«

»Ich glaube, daß er Sie sehr gern hat.«

»Mich? Ach du meine Güte! Der liebt bloß die Firma.«

»Er hat das, was Ihnen fehlt, Herr Oswald.«

»Damit wir uns recht verstehen, und damit Sie sich nicht täuschen, was seine Ansicht über die wirtschaftliche Investition angeht, stimme ich völlig mit ihm überein. Ich spiele nur lieber als er. Ganz nüchtern betrachtet, meine ich auch, wir können mit der heutigen Entscheidung nur noch auf ein Wunder spekulieren.«

»Ich mache die Wunder lieber, als daß ich auf sie spekuliere«, sagte Maria.

Oswald riß die Augen auf. Senkenberg ist gegangen, dachte Maria, jetzt kommen die großen Überraschungen. Oswald blickte sie auffordernd an. »Sie sind wirklich ein ganz ungewöhnlicher Mensch«, sagte er anerkennend. Er meinte das vollkommen ehrlich, das merkte Maria. Er war überhaupt kein Meister im Verstellen, nur im Verzögern und Abwarten.

»Wollen wir noch was trinken?«

Maria schüttelte den Kopf. »Nein. Ich will mit Ihnen schlafen.«

Oswald zuckte zusammen. Er faßte sich schnell wieder und lächelte. Er hatte ein Entschuldigungslächeln immer in Bereitschaft. Er konnte gar nicht anders lächeln. Er sah stets aus, als bereute er etwas.

Oswald winkte den Ober heran. »Zwei Flaschen Sekt auf Zimmer 216, bitte.«

»Einen Moment«, sagte Maria. Sie wandte sich an Oswald: »216 – ist das Ihr Zimmer?«

»Ja.«

»Es war schon vorher bestellt?«

»Ja.«

»Und für mich hatten Sie kein Zimmer reservieren lassen?«

»Doch.«

»Welche Nummer?«

»214.«

Maria wandte sich an den Ober.

»Dann bringen Sie den Sekt bitte auf Zimmer 214 – aber warten Sie eine Stunde damit.«

Der Ober nickte und ging verwirrt, ohne seine Verwirrung zu zeigen. Der Gast war König, und wenn er den Champagner um Mitternacht im WC serviert haben wollte.

»Warum haben Sie umdisponiert?« fragte Oswald.

»Damit nicht alles nach Ihrem Willen geht«, antwortete Maria freundlich.

Sie hatte sich an der Rezeption den Schlüssel geholt, und der drehte sich sehr schwer im Schloß. Maria rüttelte an der Klinke.

Ihr Chef bemerkte maliziös: »Wie ich Sie kenne, wollen Sie sich auch dabei nicht helfen lassen.«

Sie antwortete nicht, kriegte aber die Tür auf. Auf ihre Handbewegung hin trat Oswald ins Zimmer und blieb verlegen stehen. Sie sperrte sorgfältig ab und wandte sich zu ihrem Gast. Die Situation war ihm peinlich, aber Maria dachte gar nicht daran, es ihm leicht zu machen.

»Bitte setzen Sie sich doch«, sagte sie höflich und wies auf das Bett. Oswald fühlte, daß er auf dem Weg war, sich nicht nur finanziell von dieser erstaunlichen jungen Frau das Heft aus der Hand nehmen zu lassen.

Sie bestimmte den Ablauf seiner Tage und Nächte, schickte ihn vor die Tür, um ein Geschäft in Ruhe abzuwickeln, in seiner Firma und mit seinem Kapital, allerdings auch in seinem Interesse, wie er zugeben mußte. Genauso sachlich ordnete sie jetzt diese intime Zweisamkeit.

Seufzend gehorchte er. Das hatte er sich alles schon mehrfach ausgemalt. Aber anders. Seine Phantasie hatte nicht ausgereicht, sich das so vorzustellen, wie es jetzt geschah. Allerdings fand er sich langsam in der Rolle des komischen Liebhabers zurecht. Es machte ihm Spaß, in einem teuren Hotelzimmer, das er bezahlte, auf dem Bett zu sitzen und den Anweisungen einer Frau zu folgen. Er genoß jetzt die Unvorhersehbarkeiten der Situation, in die er sich gebracht hatte und in der er nicht mehr der Herr der Lage war. In seinem großen, von vielen Furchen und Falten durchzogenen Gesicht spannte sich die Haut. Die Augen glänzten. Er brach in ein prustendes Lachen aus und schlug sich auf den Schenkel. »Lachen Sie nur«, sagte Maria, »ich ziehe mich inzwischen aus, wenn es Ihnen recht ist.«

Sie begann damit.

»Es ist mir sehr recht«, antwortete Oswald, noch immer prustend.

»Wenn Sie soweit sind, daß Sie nicht mehr all ihre Kraft fürs Lachen brauchen, können Sie sich vielleicht ebenfalls ausziehen, Herr Oswald.«

Er hielt verschüchtert mit dem dummen Gelächter ein. Man sah ihm aber an, er kam sich noch immer ziemlich komisch vor. Das war er wohl auch.

Als er sich das Hemd über den Kopf gestreift hatte, meinte er:

Maria bestimmt
den Ablauf seiner Tage und Nächte.

»Maria, Sie nehmen das alles wohl ganz ernst, wie?«

Maria dachte nach. Es störte sie nicht, wenn Oswald sich so heiter gab. Nur konnte sie selbst dabei nicht lachen. Sie sagte: »Ich finde das richtig, wie es hier jetzt ist.«

Sie überlegte noch, und er kam ins Bett.

Maria meinte: »Übrigens sind wir sicher das einzige Liebespaar, das sich siezt.«

»Hm. Muß ich jetzt vielleicht sagen: Du bist wunderbar?«

»Du bist wunderbar – Sie sind wunderbar – mir scheint, das wird sich erst noch herausstellen. Wir sollten aber beim Sie bleiben. Auch wenn wir damit die einzigen sind.«

»Ja – wenn Sie wollen. Wissen Sie, ich war sehr überrascht, als Sie vorhin die Initiative übernahmen. Wenn ich das mal so sagen darf.«

»Wollten Sie das nicht auch?«

»Ja. Ich wollte es sehr.«

»Ich bin für klare Verhältnisse.«

»Ich weiß, Maria.«

»Ich wollte nicht, daß Sie glauben, ich schlafe mit Ihnen, weil ich von Ihnen abhängig bin. Ich wollte mit Ihnen schlafen, und es sollte so sein, daß es keine Mißverständnisse geben konnte.«

»Haben wir also jetzt ein – ein Verhältnis?«

»Ja. Und ein sehr klares.«

»Ich bin heilfroh, daß es so klar geworden ist, unser Verhältnis. Aber ich glaube, ich rede zuviel. Ich benehme mich ganz wie ein alter Mann.«

»Sie sind nicht alt, wie ich deutlich fühlen kann.«

Es klopfte an die Tür. Oswald richtete sich auf.

»Das wird der Sekt sein«, sagte er und stieg aus dem Bett, um sich was anzuziehen.

Laut rief er: »Moment noch!«

Leise fragte er Maria: »Warum haben Sie das so bestellt vorhin, den Sekt – daß er erst nach einer Stunde kommen sollte?«

»Wegen der klaren Verhältnisse.«

»Aber warum eine Stunde später?«

»Weil er noch kalt sein sollte, wenn wir ihn trinken.«

Oswald schüttelte verwundert den Kopf. »Aber – er wird doch in einem Kübel gebracht, da bleibt er kalt.«

»Das wußte ich nicht. Sehen Sie, es ist, wie Sie sagen: Die Erfahrungen, die man nicht hat, muß man eben erst machen.«

Oswald ging zur Tür.

»Eins muß man Ihnen lassen«, sagte er leise in Richtung Maria, »Sie lernen schnell hinzu, und Sie schämen sich nicht zuzugeben, wenn Sie etwas nicht gewußt haben. Deshalb wissen Sie es dann um so besser.«

Die Sekretärin, Frau Ehmke, war bekannt wegen ihrer emsigen Genauigkeit. Ihre Gutmütigkeit in privaten Dingen wurde nur von ihrer Exaktheit in geschäftlichen Angelegenheiten übertroffen. Frau Ehmke war der Arm, auf den sich der Herr Senkenberg stützte, so hieß es im Betrieb.

Maria hatte Frau Ehmke die Reisekostenabrechnung gegeben. Die Sekretärin sah die Belege durch und fertigte Vermerke an.

»Frühstück – da wird Ihnen was abgezogen. Da ist noch mal Zimmerservice – soll ich das ...?«

»Wie? Zeigen Sie mal her. Ach so, das –«

»Wenn es dienstlich war, kann ich Ihnen eine Bewirtungsrechnung machen.«

»Nein. Das war überhaupt nicht dienstlich. Das war meine eigene Sache.«

Hier kommen die meisten Fragen erst hinterher, dachte Maria. Das Gebiet der Abrechnungen steckte voller Überraschungen. In Zukunft würde sie sich anders verhalten. Sie mochte es nicht, wenn sie durch diese kleinen Zettel an etwas erinnert wurde, was sie getan hatte, weil es ihr gefiel. Von jetzt ab würde sie keine Kosten mehr abrechnen, wenn ihr Privatleben davon mit betroffen war.

Maria wandte sich an Frau Ehmke: »Bitte erklären Sie mir genau, was es auf sich hat mit der ganzen Abrechnerei.«

Die Sekretärin begann zu erklären. Sie eröffnete Maria eine bizarre Welt der Zahlen, bis diese nichts mehr verstand und wütend

Prokurist Senkenberg (Hark Bohn)
mit seinem Chef, Karl Oswald.

wurde.

»Nur Geduld«, mahnte Frau Ehmke, »das hat noch keiner auf Anhieb alles begreifen können. Was glauben Sie, wie lange ich dazu gebraucht habe?«

Es klopfte. Wahrscheinlich ein Fremder, denn die Leute von der Firma kamen gleich ins Büro.

»Ja bitte?« rief Frau Ehmke.

Oswald trat zögernd ein. »Tag, Frau Braun. Alles gut überstanden? Tag, Frau Ehmke. Ich störe doch hoffentlich nicht?«

Die Sekretärin blickte den Chef an und setzte sich auf. »Guten Tag, Herr Oswald. Aber Sie stören überhaupt nicht. Ich meine –« Sie brach ab und blickte hilfesuchend auf Maria.

»Guten Tag«, sagte Maria. »Sie stören tatsächlich nicht, Herr Oswald.«

»An sich wollte ich nur mal vorbeischauen«, murmelte Oswald.

»Ich bin sowieso fertig«, erklärte Frau Ehmke hastig und begann ihre Papiere einzusammeln.

Oswald hatte sich gefangen und lachte. Die gutmütige und gleichzeitig scharfäugige Frau Ehmke hatte natürlich längst alles mitgekriegt. Weil der Angriff immer die beste Verteidigung ist, sagte Oswald das unumwunden. Frau Ehmke errötete heftig. »Was Sie immer von mir denken, Herr Oswald – also ich gehe jetzt zu Herrn Senkenberg.« Sie lief zur Tür.

»Sehen Sie, Frau Braun«, rief Oswald laut hinter der Sekretärin her, »die Ehmke und der Senkenberg, die verschwören sich jetzt schon am hellichten Tag miteinander. Sagen Sie Herrn Senkenberg, Frau Ehmke, er möchte um vier zu mir kommen.« Er wandte sich laut an Maria: »Und Sie auch, Frau Braun.« Sie lauschten nach draußen. Die Schritte der Sekretärin verhallten. Oswald umarmte Maria. Sie wehrte ihn ab, zog ihren Terminkalender heran und schrieb die Uhrzeit auf. Sehr förmlich sagte sie: »Also um sechzehn Uhr, Herr Oswald.«

Er wurde ganz hilflos. Ihr Verhalten erschien ihm unerklärlich. »Ich bin nur schnell mal vorbeigekommen, ich wollte Sie sehen.

Privat.«

»Das ist hier kein privater Ort. Das ist ein Büro in Ihrer Firma. Sie sollten die Arbeitszeit respektieren.«

»Also okay, Samstag mittag macht die Firma zu. Fahren Sie wieder mit mir aufs Land? Rein privat?«

»Tut mir leid. Samstag will ich jemanden besuchen.«

»Nun seien Sie doch nicht so.«

»Ich bin so, wie ich bin.«

»In der Nacht waren Sie anders.«

»In der Nacht war ich Maria Braun, die mit Ihnen schlafen wollte. Heute bin ich Maria Braun, die für Sie arbeiten will.«

»Haben Sie Angst wegen der Firma, daß die Leute hier denken, ich hätte was mit Ihnen?«

»Sie haben doch was mit mir. Und ich mit Ihnen. Was die Leute in der Firma denken, ist mir egal. Was Sie denken, ist mir nicht egal.«

»Aber Maria –«

»Die Wahrheit ist, daß ich ein Gefühl habe für Sie. Aber Sie sind auch mein Chef, und ich will da nichts durcheinanderbringen. Weil ich immer wissen möchte, für wen ich ein Gefühl habe. Für Sie oder für meinen Chef.«

»Das respektiere ich.«

Er ging zur Tür. Es sah aus, als sei er beleidigt.

»Herr Oswald«, sagte Maria, »ich möchte gern mit Ihnen über mein Gehalt sprechen.«

Er war überrascht. Er glaubte wieder an eine Strategie Marias. Dabei war es ihre Art.

Er sagte müde: »Ich weiß nicht, ob der Moment günstig gewählt ist, aber wenn Sie wollen... Was haben Sie sich denn vorgestellt?«

»Ich muß in den kommenden Jahren sehr viel Geld verdienen.«

»Sonst nichts? Das wollen wir doch alle.«

»Ich habe einen wichtigen Grund, einen wichtigen und privaten.«

»Wieviel also?«

»Sie müssen mich doch inzwischen einschätzen können. Wieviel bin ich Ihnen mit meiner Arbeit wert? Genau das will ich, was ich durch meine Arbeit einbringe. Nicht mehr und nicht weniger.«

Maria nimmt sich vor, die Wahrheit
zu sagen.

»Einverstanden. Ich werde darüber nachdenken, was Sie mir wert sind.«

»Nicht ich. Meine Arbeit.«

»Ich versuche, mit der Zeit hinzuzulernen. Bitte bedenken Sie nur, ich bin schon etwas alt. Da fällt das Zulernen schwerer als in Ihren Jahren.«

Maria verspürte den heftigen Drang, etwas zu antworten. Sie hielt sich gerade noch zurück. Sie wollte keine Geständnisse ablegen. Sie hatte sich schon einen Platz reserviert, an dem sie Geständnisse ablegte. Wie sich zeigte, wurde es immer schwerer. Es kam auf den eigenen guten Willen an. Man mußte sich vornehmen, die Wahrheit und nichts als die Wahrheit zu empfinden und zu sagen. Aber die Umstände ließen es meist nicht zu.

Hermann hob entsetzt die Hände. Dann wies er verstohlen auf den Bewacher.

»Warum soll ich – warum soll er nicht hören, daß ich mit einem anderen Mann geschlafen habe? Er hört ja auch, wenn ich dir sage, daß ich dich liebe«, erklärte sie, ohne die Stimme merklich zu dämpfen.

»Das ist doch nicht dasselbe«, flüsterte Hermann gequält. Seine Stimme klang noch heiserer als sonst. Sein flackernder Blick beunruhigte sie. Er sah bleich aus. Gern hätte sie ihm den Gefallen getan, nichts von diesen Dingen zu erzählen. Aber ihr Drang, ihm ihr ganzes Leben offen darzulegen, war stärker. Sie fürchtete die Folgen, die sich einstellen würden, wenn sie ihm einiges verschwiege. Bald würde sie dann vieles verschweigen. Am Anfang stünde das Mitgefühl, am Ende stünde die vollendete Lüge. Sie hatte sich aber vorgenommen, mit Hermann zu leben. Wenn sie Zugeständnisse machen mußte, so durfte dies nicht auf Kosten ihrer Beziehung zu Hermann geschehen. Der Bewacher durfte sie nicht von der Wahrheit abbringen.

»Hermann«, sagte sie, »vergiß jetzt, daß jemand lauscht. Es kommt nur darauf an, daß du alles wissen mußt. Du mußt wissen und begreifen: Wenn ich mit diesem Mann schlafe, so ist es nicht anders als damals mit – mit Bill. Danach kamst du zurück, und ich war wieder deine Frau. Weil ich dich liebe. Und niemanden sonst.«

Er schien ihr nicht richtig zuzuhören. Saß mit fast geschlossenen Augen vor ihr und sah aus, als lausche er fernen Botschaften.

»Hermann!«

Er schien zu erwachen.

»Dieser Oswald, von dem du sprichst, ist er – wie sieht er aus?«

Sie fand die Frage nicht wichtig, doch sie war froh, daß Hermann Interesse zeigte. Oswald, ja, wie sollte sie ihn beschreiben?

»Er ist fast doppelt so alt wie du und nicht gesund. Er sieht gut aus, ja, er ist höflich, und er würde mich nie verletzen. Ja, er ist wohl das, was man attraktiv nennt, und du mußt auch wissen, daß ich mit ihm schlafen wollte. Er hat mich nicht dazu verleitet, und ich habe mich nicht dazu zwingen müssen. Ich habe es gewollt. Und weil er mein Arbeitgeber ist und ich von ihm abhängig bin, deshalb wollte ich ihm zuvorkommen, ich meinte, ich würde dann wenigstens in diesem privaten Bereich weniger von ihm abhängig sein. Wenn ich meine Wünsche äußere, dann muß er meinen Wünschen nachkommen, nicht ich den seinen. Ich will frei sein können ihm gegenüber. Verstehst du mich?«

»Ist es jetzt draußen so?«

»Du meinst damit –«

»Was du sagst, klingt furchtbar kalt und egoistisch. Entweder ich oder du. Er oder ich. Abhängig oder frei. Das sind deine Worte, Maria.«

»Ich weiß nicht, wie die anderen Menschen sind. Ich glaube nicht, daß sie viel Gefühl haben. Gefühle sind ein Luxus. Und ein Ballast. Es ist eine schlechte Zeit für Gefühle, glaube ich. Das mit dem Egoismus und der Kälte, was du sagst, das stimmt schon. Aber ich fühle mich wohl dabei, weil – so rührt mich nichts an. Du kannst draußen nicht immer allein sein, weil du immer allein bist. Das ist es, was ich dir sagen wollte. Du mußt wissen, daß du mir vertrauen kannst.«

Es war so, daß sie auf dem Weg nach Hause nicht obacht gab. Sie sah noch immer Hermanns blasses Gesicht mit den zusammengekniffenen Augen vor sich. Er wollte seine Augen nicht zeigen, weil er fürchtete, sie könnten ihn und seine Ängste verraten. Sie war noch angefüllt mit den Eindrücken vom Besuch im Gefängnis. Als sie vor der Haustür stand und in der Tasche nach dem Schlüssel suchte, fuhr hinter ihr ein Auto heran. Eine Tür schlug zu. Schritte.

Oswald stand neben ihr und hatte einen Blumenstrauß in der Hand und eine Schachtel Pralinen unter dem Arm.

»Wollten Sie nicht aufs Land fahren?« fragte sie.

Er zögerte und bequemte sich dann zu einem Eingeständnis. »Ich dachte, vielleicht ist es eine Ausrede, daß Sie einen Besuch machen wollen.«

»Sie begreifen gar nichts. Ich sage immer die Wahrheit. Warum glauben Sie mir das nicht?«

»Sie verschweigen manches, Maria.«

»Ich verschweige manches. Aber wenn ich etwas sage, dann ist es die Wahrheit.«

»Die Blumen sind leider verwelkt. Die Pralinen geschmolzen. Ich habe lange im Wagen gewartet. Es ist heiß.«

Maria griff nach den Blumen und Pralinen und warf sie in die Mülltonne. Sie starrte Oswald zornig an. Der begann zu lachen. Das steckte Maria an.

»Kommen Sie mit herauf. Ich habe meinen Besuch hinter mir. Warum sollen wir nicht bei mir feiern, was wir sonst woanders feiern?«

Folgsam lief er hinter ihr die Treppen hinauf. Oben angelangt schnaufte er stark.

Oswald blieb mitten in dem unaufgeräumten Zimmer stehen. Er sah sich um. Das Zimmer war nicht unaufgeräumt, es war wenig eingeräumt. Die Wohnstätte eines Menschen, der sich nicht auf Dauer einrichten wollte. Pappkartons und Koffer standen herum. Das Durcheinander ließ fast schon wieder ein System vermuten.

»Ich gehe unter die Dusche«, sagte Maria.

»Ich darf dann auch?« fragte Oswald.

»Natürlich.«

»Wenn Sie geahnt hätten, weshalb ich mit Ihnen aufs Land fahren

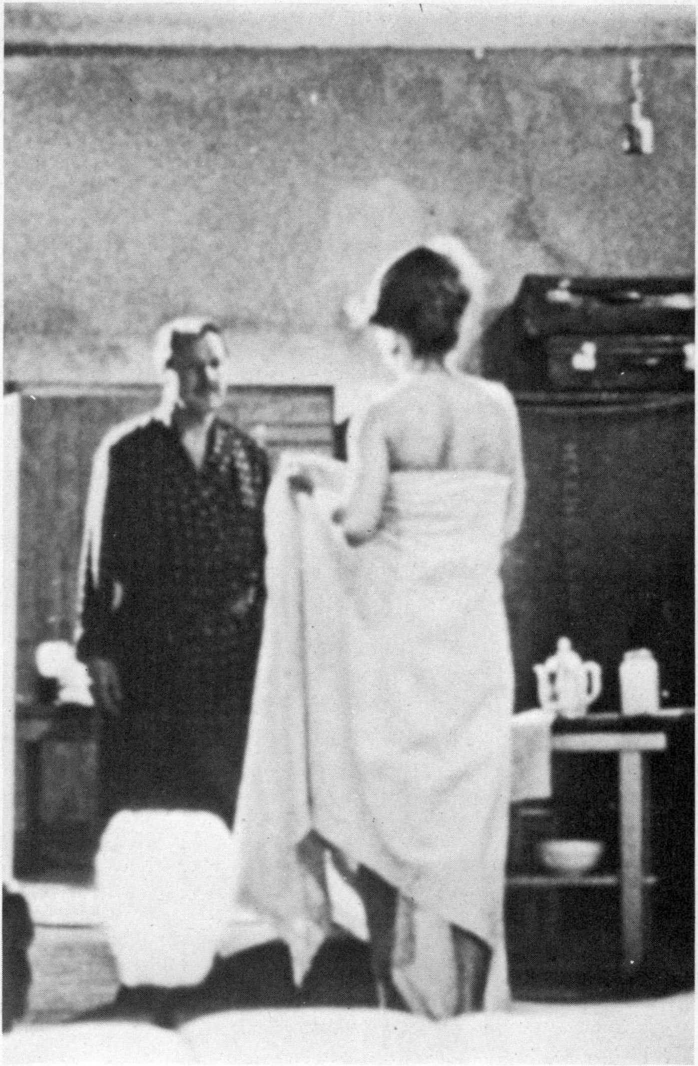

Maria zieht sich aus
und wickelt sich in ein Handtuch.

wollte, dann wären Sie bestimmt mitgekommen.«

»Geben Sie nicht so an.« Maria zog sich aus und nahm ein Handtuch über die Schultern. Vor der Tür zum Bad blieb sie stehen und wandte sich um zu Oswald: »Wegen eines lumpigen Heiratsantrags fahr' ich doch nicht extra aufs Land.«

Oswald bekam ganz große runde Augen vor Staunen. Er war überrascht. »Woher wußten Sie –?«

Sie ging zu ihm hin und preßte sich an ihn. »Laß dich nicht stören, ich habe geschwitzt. Irgendwann mußt du ja mal erwachsen werden, mein kleiner Junge, und dann wirst du erkennen, auch Frauen schwitzen und riechen nach Schweiß. Auch Frauen haben eine eigene Meinung, eine eigene Welt und eine eigene Vergangenheit. Nein, ich will das nicht kleiner machen, als es ist. Ich respektiere Ihren Heiratswunsch, ich hätte Ihnen gleich sagen müssen, daß ich Sie nie heiraten werde. Wenn Sie wollen, kann ich aber Ihre Geliebte sein. Auf eine längere Zeit.«

»Wie lange Zeit?«

»Das hängt nicht von mir ab. Aber ich werde Ihnen mitteilen, wenn es vorbei sein muß.«

Neuntes Kapitel:

Ein Arrangement wird vorbereitet

An diesem Mittwochvormittag sah Senkenberg noch leidender aus als sonst. Er war ungewöhnlich blaß, seine zerknitterte Gesichtshaut schien noch zerknitterter zu sein.

Senkenberg schlug mit der flachen Hand auf den Verhandlungstisch und stieß mit vor Zorn und Empörung heiserer Stimme hervor: »Diese klassenkämpferischen Töne, Herr Klenze, die Ihre Gewerkschaft da anschlägt, finde ich äußerst befremdlich.«

Maria hätte beinahe laut herausgelacht. Senkenberg hatte so gesprochen, daß alle, die um den Tisch herumsaßen, einen scharfen Angriff auf die Gewerkschaft erwarteten. Anfangs wollte Senkenberg wohl so etwas ausdrücken, doch indem er sprach, wurde er unsicherer, und so endete er damit, daß er sein äußerstes Befremden artikulierte. Er war eine im Innern zutiefst friedliche und gute Natur. Wirkliche Drohungen lagen ihm ebensowenig wie wirklich harte Gegenmaßnahmen.

Maria blickte Herrn Klenze an. Es amüsierte sie, an diesem Tisch zu sitzen, auf der Seite des Arbeitgebers, und keiner außer ihr und dem Herrn Klenze wußte Bescheid, wie gut sie sich kannten, sie und Willi.

Willi sah Senkenberg fest an und antwortete mit kaltem Hohn: »Wie man in den Wald hineinruft, so schallt es heraus. Mit Ihrem Herr-im-Hause-Standpunkt werden Sie nicht durchkommen.«

Senkenberg lief plötzlich ganz rot an. Seine Stimme krächzte: »Selbst unser Wirtschaftsminister hat gesagt –«

Willi bleckte die Zähne. Er hatte so eine Art von Lachen, daß einem ganz anders zumute wurde. Senkenberg stockte mitten im Satz. Willi ergänzte den abgebrochenen Satz: »... hat gesagt, daß wir alle in einem Boot sitzen. Aber das Boot gehört Ihnen, und wir müssen es rudern, Ihr schönes Boot. Daß wir dafür wenigstens gut bezahlt werden wollen, scheint Sie zu ärgern, aber –«

»Ich denke, wir vertagen die Verhandlung«, warf Maria ein. »Wir können uns ja nächste Woche weiterstreiten, oder?«

Willi, der erst unwillig auf ihre Worte reagiert hatte, nickte ihr jetzt zu. »Weiterstreiten sowieso«, murmelte er. »Manche werden nie begreifen, was los ist.«

Willi blickte zu Senkenberg und wandte sich wieder an Maria: »Komm, laß uns was trinken gehen.«

Er erhob sich. Maria stand ebenfalls auf.

»Sie – Sie kennen sich persönlich?« fragte Senkenberg erstaunt und sah ratlos von einem zum andern.

»Wir sind uralte Freunde«, antwortete Maria.

»Davon hat man aber in den letzten drei Stunden weiß Gott nichts gemerkt.«

Maria lächelte. Sie hob den Zeigefinger und dozierte: »Weil ich, mein lieber Herr Senkenberg, ein Meister der Verstellung bin. Tagsüber der Handlanger des Kapitals und in den Nächten der Agent der werktätigen Massen. Die Mata Hari des Wirtschaftswunders.«

Sie begann zu lachen.

Senkenberg wußte nicht, wie er darauf reagieren sollte. Er bekam seine großen hilflosen Augen, wie Maria es nannte. Sie legte ihm die Hand auf die Schulter. »Ach Senkenberg, warum sind Ihre Vorstellungen von den Menschen soviel stumpfer, als Sie selbst es sind!«

Sie mochte Senkenberg in diesem Moment sehr. Zweifellos mochte er sie ebenfalls, nur wollte er es nicht zeigen.

»Komm, Willi, laß uns gehen.«

Willi und sie wollten sich entfernen, doch einer der wartenden Journalisten vertrat ihnen den Weg. Sein Mikrophon vor sie hinhaltend, bat er um eine Stellungnahme zu den unterbrochenen Verhandlungen.

»Fragen Sie lieber Herrn Senkenberg«, wehrte Maria ab.

»Nein, fragen Sie nur Frau Braun!« rief Senkenberg, der offensichtlich erleichtert war, daß er nicht über die sonderbare Beziehung zwischen Maria und diesem Gewerkschaftsvertreter nachdenken mußte.

»Also?« sagte der Journalist. Er blickte wieder zu Senkenberg und fragte: »Befugt ist Frau Braun doch wohl?«

»Sie hat Prokura!« rief Senkenberg.

»Ich habe nicht viel Zeit«, sagte Maria zu Willi, »aber ich fahr' dich dann nach Hause.«

Willi nickte. Maria wandte sich an den Journalisten und erklärte kurz und bündig: »Die Forderungen der Gewerkschaften, hier vertreten durch Herrn Klenze, können nur als erpresserisch bezeichnet werden.«

Sie ergriff die Hand des so gescholtenen Gewerkschaftsvertreters und zog ihn mit sich fort. Der Journalist starrte ihr entgeistert hinterdrein. Senkenberg lachte meckernd. Er wollte sich nicht anmerken lassen, wie sehr er sich wunderte. Dinge, die er nicht begriff, ärgerten ihn. Dinge, die er immer weniger begriff, ärgerten ihn doppelt.

»Mensch, Mädchen, wann hast du denn das Autofahren gelernt?« wunderte Willi sich, als sie vor ihrem Wagen standen.

»Steig schon ein, Junge.«

Sie öffnete ihm weit die Tür. Er war so lang, er mußte sich kleinmachen beim Einsteigen.

»Falte dich mal schön zusammen, Willi.«

»Was soll ich tun?«

»Schon gut.«

Sie fuhr los.

»Du hast dich gemacht, Mädchen. Wie du vorhin aufgetreten bist, wie du geredet hast –«

»Als Frau wird man schon bewundert, wenn man überhaupt reden kann. Das ist alles. Außerdem bist du auch ganz schön ausgekocht. Komisch, nicht, wie wir uns da gegenübersitzen und uns befetzen? Ist doch komisch, nicht?«

»Mir ist es jedenfalls lieber als dieser Alle-im-gleichen-Boot-Scheiß.«

Maria wechselte unvermittelt das Thema: »Ist was mit Betti?«

»Wieso?«

Willi zeigte sein Unschuldsgesicht. Das konnte er glänzend, den Unschuldsengel spielen.

Maria schaute Willi kurz an. »Wieso? Ohne wieso. Gib Antwort!«

»Was soll schon sein? Ich brauche jemanden, mit dem ich reden kann, und statt dessen hab' ich jemanden, der für mich kocht.«

»Sie macht eben, was sie gelernt hat.«

»Sicher. Sie macht, was sie gelernt hat. Nur hat sie leider das Wichtigste nicht gelernt: lernen!«

Er sah von der Seite auf Maria und fügte zögernd hinzu: »Sie ist so ganz anders als du, nicht mal glücklich ist sie.«

Maria dachte: Wirklich? Bin ich glücklich? Bin ich das tatsächlich?

Es hörte sich so seltsam an, wenn Willi das sagte. Aber es leuchtete ihr ein.

»Ich muß sogar glücklich sein, Willi. Für Hermann. Damit er etwas hat, worauf er stolz sein kann und worauf er sich freuen darf. Auf eine unglückliche Frau kann ein Mann sich schließlich nicht freuen. Und stolz sein auf sie kann er schon gar nicht. Das klingt ziemlich verrückt, wie?«

»Hm. Verrückt auch. Und sehr schön. Du kannst anhalten, da vorn vor der Ausfahrt. Dein Klassenfeind muß hier raus.«

»Irgendwann wird jeder meiner Klassenfeinde sich so ein Auto kaufen können.«

»Möglich. Bis dahin bauen sie weiter welche für euch.« Er war aus dem Wagen geklettert und stand daneben, das Auto weit überragend. Erst brabbelte er was übers Dach, dann beugte er sich nieder, und Maria konnte ihm wieder ins Gesicht sehen. Sie hörte ihm aber nicht zu.

»Was hast du vorhin gesagt, Willi?«

»Ja, was hab' ich vorhin gesagt –«

»Du hast gesagt: ›Du hast dich gemacht, Mädchen.‹ Das gefällt mir. Ich hab' mich gemacht. Ich-habe-mich-gemacht. Das gefällt mir sehr.«

Die Tür fiel zu. Maria gab Gas. Willi blieb zurück und winkte ihr nach.

»Du hast dich gemacht, Maria«, sagte Maria. Sie fuhr jetzt viel zu schnell. Aber es war schön, so schnell zu fahren.

Der Anwalt erhob sich, als sie eintrat. Die Sekretärin schloß hinter ihr leise die Tür. Der Anwalt blickte ihr prüfend ins Gesicht. Sie gaben sich die Hände. Seine Hand fühlte sich weich und kalt an. Vielleicht lag es auch nur daran, daß sie erhitzt war.

»Ich erinnere mich sehr gut an Ihren Fall«, sagte der Anwalt. »Drei Jahre ist das jetzt her. Mir kommt es vor, als seien es erst zwei Monate. Ja, wie doch die Zeit vergeht.«

Sie saßen sich gegenüber. Maria fiel ihm einfach ins Wort. Er verstummte sofort und hörte ihr zu.

»Ich habe jetzt Geld genug. Ich kann Sie bezahlen, auch wenn es teuer wird. Ich habe in der Zwischenzeit gearbeitet und viel Geld gespart.«

Sie wollte noch weitersprechen, aber der Anwalt machte so ein Gesicht, daß sie schwieg.

»Frau Braun – um Mißverständnissen vorzubeugen: In dieser Angelegenheit geht es nicht primär ums Geld. Man muß mit äußerstem Fingerspitzengefühl handeln. Das richtige Wort zur richtigen Zeit und richtigen Persönlichkeit. Das kann die Waagschale günstig beeinflussen. Es sind Diskretion und Delikatesse erforderlich. Unsere Zeit ist kurzlebig, sie mag auch immer kurzlebiger werden, doch unser Gedächtnis ist es nicht, da bleiben die Wunden für lange Zeit offen, gnädige Frau.«

»Sie wollen mir helfen, mir und meinem Mann?«

»Daran sollten Sie nicht zweifeln, Frau Braun.«

»Wie lange werden wir noch warten müssen?«

»Das kommt ganz auf die politische Konstellation an. Acht Tage oder acht Monate oder acht Jahre. Sobald ich eine Aussicht auf Erfolg erkennen kann, werde ich versuchen, einen Strafnachlaß für Ihren Mann zu erwirken.«

Maria hatte den VW in einer Seitenstraße geparkt. Sie stöckelte eilig vom Büro zu ihrem Wagen zurück. Die Leute drehten sich um nach der eleganten Blondine. So was kriegt man in der Gegend nicht oft zu sehen. Eine Frau mit Prokura mußte auch nach etwas aussehen. In Marias Garderobe spiegelte sich die Höhe ihres Gehalts wider. Heute trug sie ein Kostüm, das ihre schlanke Taille noch schmaler erscheinen ließ. Auf dem Kopf hatte sie eine freche, kleine Filzkappe mit wehenden weinroten Federn.

Der Besuch beim Anwalt hatte Maria wohlgetan. Sie verließ das Büro beinahe frohgestimmt. Acht Jahre wird es gewiß nicht mehr dauern, dachte sie, und acht Tage sind zu kurz gegriffen. Die Wahrheit lag sicher irgendwo in der Mitte.

Als sie heimkam, war Oswald da. Offensichtlich erwartete er sie schon einige Zeit. Sie kannte diese Mischung von guter Laune und Nervosität an ihm. Als sie auf seine Fragen, wo sie so lange gewesen war, nicht einging, meinte er: »Ich will doch gar nicht wissen, wo du heute nach der Sitzung warst, sondern warum du es mir nicht sagen willst.«

Für einen Moment wurde sie argwöhnisch. Hatte Senkenberg etwa über ihre Bekanntschaft mit Willi geplaudert? Argwöhnte Oswald, zwischen Willi und ihr sei etwas? Bevor sie weiter darüber nachsann, entschloß sie sich, es nicht zu glauben. Zugleich fühlte sie sich versucht, Oswald auf die Probe zu stellen. Sie sagte schnell und leichthin: »Ich war essen mit Willi Klenze.«

»Und warum hast du es nicht gleich gesagt?«

»Weil es gelogen ist.«

Oswald stand wie erstarrt. Er war, wie Senkenberg, nicht schnell genug, um mit überraschenden Situationen fertig zu werden. Maria hätte nie geglaubt, daß man es mit soviel Gutartigkeit im Geschäftsleben zu etwas bringen konnte.

Jetzt hatte Oswald sich wieder gefangen. Ganz auf ihren leichten

In Marias Garderobe
spiegelt sich die Höhe ihres Gehalts wider.

Ton eingehend, erklärte er: »Die Kappe mit den Federn steht dir gut – trotzdem – ich verabscheue dich.«

»Das ist schön«, sagte Maria, »und ich mag dich. Warum liebst du mich nicht?« Sie legte langsam die Kostümjacke ab, öffnete den Reißverschluß des Rockes und ließ das teure Stück zu Boden gleiten. Vorsichtig stieg sie mit den Pfennigabsatz-Sandaletten drüber weg und ging auf Oswald zu.

»Warum ich dich nicht liebe?« fragte der und antwortete rasch: »Weil du mich belügst!«

Er sagte das ganz ernst und spielte doch den Heiteren. Es amüsierte Maria und stimmte sie zugleich traurig.

»Ich habe dich gar nicht belogen.«

Sie hatte jetzt nur noch ein Höschen an, behielt aber die freche Kappe auf dem Kopf.

»Ach, Maria, du bringst mich noch um den Verstand. Also ich will gar nicht wissen, wo du morgen hinfährst –«

»Das ist gut. Danke.« Maria umarmte Oswald. Sie stand nackt vor ihm, sah man von der Kopfbedeckung ab.

Er legte die Arme um die Frau und bat: »Laß mich ausreden.«

»Warum eigentlich?«

»Wie – warum? Was meinst du damit?«

»Warum willst du nicht wissen, wohin ich morgen fahre? Soll ich dir sagen, warum du das nicht wissen willst? Weil es dich nicht interessiert. Und warum interessiert es dich nicht? Weil du mich nicht liebst. Ich verabscheue dich.«

Sie löste sich von Oswald und setzte sich aufs Bett. Die Hutfedern wippten.

»Ich liebe dich«, berichtigte er sie ernsthaft. Erst als er merkte, daß Maria lächelte, lächelte er ebenfalls. Es war ein Spiel zwischen ihnen beiden. Wirklich nur ein Spiel?

»Was willst du nun zuerst, du Liebhaber, essen oder lieben?«

»Das ist obszön«, sagte er.

»Was?« fragte Maria.

»Eine nackte Frau mit Federkappe. Aber es ist schön obszön.«

Oswald stellte sich, als müsse er immer noch über die Alternative

Sex oder Abendbrot nachdenken.

Maria streckte sich quer übers Bett.

»Die Wahl fällt dir wohl schwer, wie?«

»Eigentlich wollte ich erst essen«, sagte Oswald langsam, »aber nun –«

»Aber nun lieben wir uns erst?«

»Ein guter Geschäftsmann muß jederzeit umdisponieren und das Wichtigste an die erste Stelle setzen können.«

Der Besuchsraum im Gefängnis war einfach eingerichtet. Eigentlich war er gar nicht eingerichtet, sondern kahl. Ein Tisch, zwei Stühle, nichts sonst. Weißgekalkte Wände. Zwei Türen. Durch die eine Tür kamen die Besucher, durch die andere Tür führte man die Häftlinge.

Oswald starrte auf die Tür, man hörte Stimmen und Schritte. Die Tür wurde geöffnet.

Ein Gefängnisbeamter erschien. Hinter ihm trat Hermann Braun ein, schmächtig, bleichgesichtig, unsicher und mit schleppendem Gang.

Oswald war ein paar Schritte auf und ab gegangen. Die Beruhigungstablette in seinem Magen schien sich nicht auflösen zu wollen. Sie drückte schwer. Hermann Braun setzte sich auf einen Stuhl und wies wortlos auf den zweiten.

»Sie sind so erregt, nun beruhigen Sie sich doch«, sagte der Häftling leise.

»Ich und erregt? Ich bin überhaupt nicht erregt. Natürlich bin ich erregt. Mein Name ist Oswald. Sie sitzen hier und wissen alles, und ich bin draußen und weiß gar nichts.«

Er brach ab. Hermann Braun hatte ihm unbewegt zugehört. Ob er immer so ruhig bleibt? fragte sich Oswald. Seltsamer Kerl. Da sitzt er in seiner Zelle und blickt mit großen Augen um sich und rührt sich nicht. Nerven hat der Mann.

Hermann Braun sagte ganz ruhig: »Sie werden auch alles wissen. Dafür sind Sie ja gekommen, nicht wahr, um alles zu erfahren?«

»Maria weiß nichts davon. Sie weiß nicht, daß ich hier bin und Sie besuche.«

»Sie haben Maria beobachtet. Haben ihr nachspioniert. Haben das mit den Gefängnisbesuchen rausgekriegt. Haben sich weiter informiert. Sie wissen jetzt, was gewesen ist. Und Sie wissen nicht, was gewesen ist. Ich nehme an, Sie kennen die Zeitungsmeldungen und vielleicht auch die Akten.«

»Ja.«

»Ist alles nicht so wichtig. Sie werden das irgendwann auch selbst begreifen. Wichtig ist nur, daß wir dieselbe Frau lieben.«

»Es ist Ihre Frau, Herr Braun, und sie liebt Sie.«

»Ja. Aber ich bin hier drinnen, und Maria, die mich liebt, sie lebt draußen mit Ihnen.«

»Vielleicht ist auch das nicht so wichtig. Oder es ist nur für mich wichtig und nicht für Sie.«

»Das kann der gut sagen, der draußen ist.«

»Ich möchte Ihnen einen Vorschlag machen, Herr Braun.«

»Ja?«

»Ich möchte Sie noch mehrmals besuchen.«

»Das ist Ihr ganzer Vorschlag?«

»Nein.«

»Also was ist Ihr Vorschlag?«

»Ich möchte Ihnen etwas vorschlagen, das gut ist für uns alle – drei.«

»Was ist es?«

»Ich weiß, was ich vorschlagen will. Aber es fällt mir schwer, es zu formulieren. Maria dürfte nichts davon erfahren. Versprechen Sie, Maria nichts zu erzählen?«

»Den Vorschlag möcht' ich hören, Herr Oswald.«

»Ich werde mir die Worte genau überlegen. Ich werde alles genau aufschreiben, und wenn ich Sie das nächstemal besuche, dann werde ich schon weitergekommen sein damit. Es wird allen helfen, allen dreien.«

»Da bin ich aber gespannt, was mir hier drinnen helfen soll, wenn es gleichzeitig Ihnen da draußen auch hilft, Herr Oswald.«

Maria hielt mit dem Wagen vor dem Haus und blickte an den Wänden hoch. Verschmutzte Häuserfronten. Vier, fünf Stockwerke, ein Gewirr von Erkern, Dachrinnen, Fensterrahmen.

Maria stieg aus und klingelte. Sie ging zum Wagen zurück und wartete.

»Ja?« rief Betti von oben aus dem Fenster.

»Kommst du runter, Betti?«

»Ich komm' gleich runter, Maria.«

Während Maria wartete, dachte sie an das Gespräch mit Willi und wie er sich über Betti beschwert hatte. Sie wollte nicht, daß die beiden auseinandergingen. Sie hatte sich so daran gewöhnt, daß die zwei beisammen waren. Schon der Gedanke an eine Trennung der beiden berührte sie unangenehm.

Da kam Betti.

Sie ist wirklich etwas dick geworden, dachte Maria, man muß sie drauf aufmerksam machen, es läßt sich doch was tun dagegen. Wenn eine Frau dick wird, muß sie sich damit nicht abfinden. Das ist kein Grund für eine Trennung.

Sie umarmten einander. Die Leute auf dem Bürgersteig mußten um sie herumlaufen.

»Wie geht es dir, Maria?«

»Gut. Und wie geht es dir, Betti?«

»Ach, weißt du, ich werde dick.«

Sie lachten laut. Aber Betti war nicht so ganz nach Lachen zumute. Es saß ihr wie ein Kloß im Hals. Die Sorge und der Ärger setzten ihr zu. Höchste Zeit, sich einmal aussprechen zu können. Es geht nichts über eine alte Freundin, vor der man sich nicht verstellen muß.

Nach einem langen Einkaufsbummel durch die Innenstadt blieben sie vor den breiten Schaufensterfronten einer Fleischerei stehen. Sie blickten sich an und kicherten, und dann traten sie in das Geschäft.

»Das Problem in unserer Ehe ist unsere Verschiedenartigkeit«, sagte Betti leise zu Maria, wobei sie ein verlockend aussehendes Eisbein musterte. »Willi ist in letzter Zeit immer so nervös, vielleicht liegt das an dem amerikanischen Tempo. Ihm schmeckt das Essen gar nicht mehr, und mir schmeckt es immer besser.«

Sie zeigte verstohlen auf das Eisbein. Vor ihnen wurde ein älterer Herr bedient.

»Darf's ein bißchen mehr sein?« fragte die Verkäuferin höflich.

»Früher habt ihr euch fast den Finger abgeschnitten um ein Gramm«, murmelte der Herr unwillig.

Die Verkäuferin blickte den Mann fragend an. Sie zwang sich zu einem angedeuteten Lächeln.

»Früher ist vorbei«, meinte sie.

»Ja, früher ist vorbei«, sagte Maria zu Betti.

Der Nachmittagsbummel zog sich noch lange hin. Es wurde Abend, und sie hatten noch immer zu reden und beratschlagen. Bettis Arglosigkeit bedrückte Maria. Betti hatte zwar Willis Unzufriedenheit längst bemerkt, sie täuschte sich aber über den Grad dieser Unzufriedenheit hinweg. Sie nahm ihn nicht ernst genug. Wahrscheinlich wollte sie sich einfach nicht eingestehen, wie weit Willi und sie sich schon entfernt hatten voneinander.

Es waren wohl immer die Schwächeren, die den Ernst der Situation verkannten. Sie wollten sich selbst täuschen. Sie hatten Angst vor der Wahrheit, denn sie würden mehr zu leiden haben als der jeweils stärkere Teil.

Nach dem Besuch im Gefängnis rief Oswald bei Maria an. Sie war nicht daheim. Er fuhr zu ihrem Haus und blieb im Auto sitzen. Es dunkelte. Er fuhr nach Hause. Als er den Wagen in der Garage hatte, empfand er nicht die geringste Lust, allein zu sein. Er überlegte, stieg aus, ging in die Diele und rief wieder bei Maria an. Sie nahm nicht ab. Oswald fuhr zurück, parkte den Wagen in der Parallelstraße und ging in Marias Wohnung. Noch nie hatte er den Schlüssel, den Maria ihm gegeben hatte, benutzt. Jetzt war er froh, ihn angenommen zu haben. Ja, er hatte sich gesträubt. Weshalb brauchte er, Oswald, einen solchen Schlüssel? Wenn Maria ihn nicht bei sich einließe, so wollte er auch nicht eintreten. Von wegen. Jetzt war er nur zu gern in ihrer Wohnung.

Er saß auf der Couch und wartete. Maria hatte sich inzwischen gut eingerichtet. Der frühere Eindruck, hier warte nur jemand seine Zeit ab, herrschte nicht mehr vor. Die Koffer und Kartons waren verschwunden. Die Mieterin brauchte nicht zu sparen, sie konnte sich teure Möbel leisten.

Zum Teufel mit den Möbeln, dachte Oswald, es wäre mir lieber, das Zimmer wäre leer und Maria wäre da.

Er stand auf und sah im Kühlschrank nach. Er griff nach den Flaschen und dachte an Hermann Braun in seiner Zelle. Er dort drinnen und ich hier draußen. Er entkorkte den Wodka und trank durstig und gierig. Es stimmte schon, der dort drinnen hatte es schwer, und er hier draußen hatte es leicht, aber es gab auch noch die andere Seite, jene schwarze Seite, die Hermann Braun nicht sehen konnte und an die er, Oswald, nur ungern dachte. Er war alt, na, nicht gerade uralt, nicht sehr alt, vielleicht noch nicht alt, aber doch älter, jedenfalls alt genug, und er war nicht mehr gesund, er hatte keine Ewigkeit mehr vor sich, ach, was hieß hier Ewigkeit, er hatte nicht mehr viele Jahre vor sich, und da war der andere dort drinnen in seiner Zelle besser dran, denn der verlor jetzt einige Jahre, aber er kam einmal heraus und hatte dann noch viele Jahre Leben vor sich. Daran mußte Oswald denken, als er trank und auf Maria wartete und immer weiter trank und sich betrank.

Es war draußen dunkel geworden. Oswald machte kein Licht an im Zimmer. Er tappte zum Kühlschrank und holte sich eine neue Flasche und wankte zurück zur Couch und verhandelte mit dem einsamen Mann Hermann Braun in der Gefängniszelle, dem er ja klarmachen mußte, wie es um ihn, Oswald, stand und was er von ihm verlangte.

Klug mußte er handeln und vorsichtig, damit Hermann Braun seinen Vorschlag nicht etwa ablehnte. Das durfte er auf gar keinen Fall riskieren, eine Ablehnung. Für ihn ging es um viel, um sehr viel, wenn nicht um alles.

Er schlief ein und erwachte und hörte eine Tür gehen. Maria war heimgekommen. In der Diele flammte das Licht auf. Oswald schloß die Augen wieder und beschloß, sich schlafend zu stellen. Er hatte soviel getrunken, er wollte jetzt nicht sprechen, er wollte nur, daß Maria anwesend war.

Komisch, dachte er, als er sich schlafend stellte und Maria ins Zimmer treten hörte, komisch, wir wissen nicht, wie wir aussehen, wenn wir schlafen, denn wir sehen uns ja nie schlafend.

Marias Schritte näherten sich. Oswald spürte ihre kühle Hand auf seiner Stirn. Ich bin ein Meister der Verstellung, dachte Oswald, und das noch im Schlaf.

Zehntes Kapitel:

Die Zurückweisung der Großen Scheine

Maria kam nach Hause und erschrak, als sie die Korridortür aufsperrte. Sie wußte genau, sie hatte morgens beim Weggehen den Schlüssel zweimal im Schloß gedreht. Jetzt öffnete sich die Tür schon nach einer Vierteldrehung. Der Mutter hatte sie wohlweislich keine Schlüssel anvertraut, es war Maria Brauns Wohnung, und niemand hatte hinter ihrem Rücken da einzudringen. Niemand? Während Maria in den Korridor trat, und noch ehe sie den dunkelbraunen Ledermantel an der Garderobe erkannte, sagte sie zu sich: Meine Liebe, du bist doch ganz schön mit den Nerven runter. Knapp vier Wochen nach dem Einzug hatte sie Oswald Duplikate ihrer Schlüssel übergeben, damals lachte er und meinte: Was soll ich damit? Wenn ich dich besuche, wünsche ich mir, daß du mich einläßt, was fang' ich an in der Wohnung der Maria Braun ohne Maria Braun? Jetzt hatte er sich doch Zutritt verschafft. Warum? Es paßte nicht zu ihm, weil es den Verdacht nahelegte, der Mann wolle sie überprüfen. Sie waren nicht miteinander verabredet, und es ärgerte sie, daß er ein Privileg nutzte, das sie ihm zwar eingeräumt hatte, bei dem sie aber stillschweigend voraussetzte, er würde auf eine Nutzung stets verzichten. Jetzt hatte er nicht mehr verzichtet, aber Maria nahm zu Oswalds Gunsten an, er fühle sich wenigstens unbehaglich dabei. Er war sehr eigen in diesen Dingen, und wenn er manche Schritte Marias kontrollierte, litt er selbst am meisten unter solcher Indiskretion.

Maria öffnete die Zimmertür und knipste das Licht an. Sie fand

Oswald schlafend auf der Couch, eine Anzahl geleerter Flaschen um sich herum.

Schau an, dachte sie, unser großer Geschäftsmann hat hier ein Gelage veranstaltet. Unser Liebhaber hat hier auf sein kleines Mädchen gewartet und die Geduld dabei verloren. Wer aber verliert, der gewinnt auch, und unser großer Mann hat im Kühlschrank was zu trinken gefunden.

Sie strich dem Schlafenden leicht über die Stirn und murmelte: »Hast dich betrunken, weil deine Maria nicht da war? Hast dich gefürchtet? Das ist nichts Schlimmes. Ich fürchte mich auch manchmal.«

Sie nahm eine Decke vom Couchende und breitete sie sorgsam über Oswald aus. »So, und nun schlaf deine Angst weg. Es gibt gar keinen Grund dafür. Schlaf.«

Sie ging, die Tür leise hinter sich schließend, aus dem Zimmer und merkte nicht, wie der Schlafende hinter ihr die Augen einen Spalt öffnete und ihr nachblickte.

Am Morgen, als Maria erwachte, fand sie einen Zettel neben sich liegen, darauf stand: »Entschuldige, daß ich mich in deiner Wohnung betrunken habe. Es war lieb von dir, daß du mich zugedeckt hast. Ich habe dich im Schlaf geküßt. Ich bin zu mir gegangen. Ich liebe dich.«

Unterschrieben hat er seinen Liebeszettel auch nicht, dachte Maria. Als ob das so schwer wäre. Eine Botschaft ohne Unterschrift ist unvollständig.

Sie sprang auf und lief zum Telefon.

Er brachte seinen Namen kaum heraus, als er sich meldete. Die Stimme wollte nicht und verlor sich in Kratzen und Hüsteln.

Seine kaputte Stimme stimmte sie ganz zärtlich. Etwas war vorgefallen, das spürte sie, und das Rätselhafte nahm sie ein für Oswald, der daran litt.

»Ich bin's«, sagte sie. »Ich habe etwas Wichtiges nicht verstanden in deinem langen Brief. Als du mich geküßt hast heute nacht, warst du da im Schlaf, oder war ich's? Guten Morgen.«

Er war jetzt ganz wach und auch bei Stimme. »Guten Morgen«,

sagte er. »Es ist schön, daß du mich anrufst.«

»Du – warum hast du dich betrinken müssen?«

»Nur so. Es war nichts. Du weißt doch, Männer müssen sich manchmal betrinken.«

»Männer. Aber nicht ein Mann ganz allein. Wenn ein Mann sich ganz allein betrinkt, dann hat er einen ganz dicken Grund dafür. Also – ist was?«

»Was soll sein.«

»Also ist nichts?«

»Doch. Es ist alles gut.«

»Hast du einen Kater?«

»Einen kleinen. Nicht schlimm. Ich bleibe heute hier. Gehe ein bißchen spazieren, am Nachmittag. So Sachen eben zum Auffrischen. Wirklich, es ist alles gut.«

Sie spürte genau, wie er sich entzog. Er wollte nicht mit der Sprache heraus. Etwas ging vor oder war vorgegangen, und er versuchte, die Spuren zu verwischen. Sie konnte jetzt nicht mehr zärtlich sein. Das Gefühl war weg. Sie reagierte mit Mißtrauen. Mußte sie auf der Hut sein? Aber wovor? Und weshalb?

»Gut«, sagte sie ganz sachlich, »und du denkst daran, meine Mutter hat heute Geburtstag, ja?«

»Ja. Soll ich dich abholen?«

»Nein. Ich will ihr bei der Vorbereitung helfen und gehe schon am Nachmittag hin. Da freut sie sich, und außerdem ist sie immer so aufgeregt, bevor sie Gäste kriegt. Ich wette, sie steht schon jetzt in der Küche und macht kalte Platten mit Salzstangen in den Käsescheiben. Kommst du abends bestimmt hin? Hast du noch die Adresse?«

»Ja.«

»So gegen acht? Und vorher keinen Tropfen. Versprochen?«

»Versprochen. – Maria?«

»Ja?«

»Ich brauche dich. Ich will nicht leben ohne dich.«

Er hatte nach dem letzten Wort sofort aufgelegt und ihre Antwort nicht abgewartet. Es ist etwas mit ihm, dachte sie, und es hat mit mir

Herzlichen Glückwunsch, Mutter,
zum Geburtstag.

zu tun. Sie überlegte, was es sein könnte. Es gab keinen besonderen Anlaß, keinen sichtbaren Grund.

Die Frage beschäftigte Maria noch nachmittags, als sie, beladen mit dem schweren Freßkorb, die Tür zur Wohnung ihrer Mutter aufgeschlossen hatte und schweratmend in der Diele stand.

Maria rief: »Mutter, ich bin's!«

Es dauerte eine Weile, bis sie ihre Mutter antworten hörte. Die Stimme kam offensichtlich aus dem Schlafzimmer. »Ach du bist es, Kind, sofort, ich komme gleich.«

Maria stieß die Wohnungstür mit dem Fuß zu und setzte den Freßkorb ab. Als sie sich aufrichtete, ging die Schlafzimmertür auf, und die Mutter erschien.

»Maria! Guten Tag.«

»Herzlichen Glückwunsch zum Geburtstag, Mutter.«

Sie umarmten einander. Die Mutter war nicht ganz bei der Sache. Sie hatte es eilig, schob Maria zurück und beugte sich über das Geschenk.

»Was alles in so einen Korb reingeht!«

Sie klatschte in die Hände, als wunderte und freute sie sich, aber etwas bei ihr stimmte nicht, jedenfalls war sie anders als sonst.

»Ich dachte, du stehst schon in der Küche, dabei bist du noch im Unterrock«, wunderte sich Maria und betrachtete den zu dieser Tageszeit ungewohnten Aufzug ihrer Mutter, die geradewegs aus dem Bett gekommen zu sein schien. »Soll ich dir die Haare föhnen, Mama?«

Die Mutter hob abwehrend die Hände und bewegte sich im Rückwärtsgang auf die Schlafzimmertür zu. Sie bemerkte nicht, daß hinter ihr jemand in der Tür stand. Ein untersetzter, kräftiger Mann in kurzen weißen Unterhosen. Der Mann blickte verlegen zu Maria her.

Die Mutter suchte noch nach Worten: »Nicht das Haar föhnen. Du mußt das ganze Jahr über soviel arbeiten. Geh lieber in die Küche, mach Kaffee... oder eine Tasse Tee...«

Sie stockte. Rückwärtsgehend war sie gegen den Unterhosen-

Mann gestoßen. Sie wandte sich zu ihm um, blickte wieder zu Maria und erklärte mit verlegenem Lachen: »Das ist Herr Wetzel. Ein guter Bekannter von mir. Ein sehr guter Bekannter, der Herr Wetzel.«

»Ein so guter Bekannter, daß Sie ruhig Hans zu mir sagen können«, erklärte Herr Wetzel lachend.

»Tag, Herr Hans«, sagte Maria, und ihre Mutter flüsterte ihrem Liebhaber zu: »Mußt du denn gerade jetzt kommen?«

»Ich muß doch pinkeln.«

»Warum gerade jetzt?«

»Das kann niemand beeinflussen.«

»Dann geh schon.«

Der Herr Wetzel suchte sich eilig an Maria vorbeizudrücken.

»Übrigens, ich heiße Maria.« Sie hielt dem Mann die Hand hin. Der riskierte eine linkische Verbeugung, er kam sich in seinem Unterhosenaufzug selbst etwas komisch vor. Während er sich mehr rückwärts- und seitwärtsgehend in Richtung Toilettentür bewegte, war Opa Berger, Mutters alter Untermieter, aus seinem Zimmer getreten und ins WC geschlichen. Herr Wetzel schlug halb wütend und halb im Spaß gegen die verschlossene Tür. Der taube Opa Berger hörte drinnen sowieso nichts. Die beiden Frauen lachten. Dann trug Maria ihren Freßkorb in die Küche.

»Ich hab' dir gleich geraten, in die Küche zu gehen«, sagte die Mutter, und Herr Wetzel trommelte noch immer gegen die verschlossene Toilettentür, hinter der Opa Berger verschwunden war.

Maria und die Mutter begannen den Freßkorb auszupacken.

»Er wird doch nicht eingeschlafen sein?« sagte Maria.

»Wer?«

»Opa Berger, auf dem Klo.«

»Kann leicht sein. Er schläft überall ein.«

»Dann solltest du deinem Freund Hans, ich meine Herrn Wetzel, vielleicht aus der Verlegenheit helfen. Er kann ja nicht wissen, daß Opa Berger so leicht einschläft.«

»Wie denn aus der Verlegenheit helfen? Soll ich Opa Berger vielleicht durchs Schlüsselloch rausziehen? Und außerdem, wo der Hans mich gerade so in Verlegenheit gebracht hat. Kommt mir

Sie bemerkt nicht,
daß hinter ihr jemand in der Tür steht.

nichts dir nichts an, während ich meine Tochter begrüße, als hätte er nicht etwas warten können.«

»Na, ob ich ihn nun etwas früher oder später kennenlerne, das ist doch egal.«

»Es ist nicht egal, wenn sich ein fremder Mann in kurzen Unterhosen vorstellt: Gestatten, ich bin der Freund Ihrer Frau Mutter. – Also das gehört sich einfach nicht.«

Herr Wetzel war eine Frohnatur. Das erwies sich am Abend beim Geburtstagsfest. Er brachte Leben in die Bude und war ganz der fröhliche Gegenpol von dem melancholischen Herrn Oswald.

»Was hat er wohl?« fragte die Mutter.

Maria hob die Schultern.

»Jetzt machen wir ein Foto von der ganzen Familie«, entschied die Mutter laut.

»Das mache dann wohl am besten ich«, erbot sich Maria schnell, die verhindern wollte, daß Oswald fotografieren müßte, der sich dafür wenig eignete und von dem sie wußte, wie wenig er solche Szenen schätzte. Aber die Mutter war nicht mehr zu bremsen.

»Unsinn«, rief sie, »die ganze Familie soll drauf sein! Du gehörst dazu!«

Sie sah sich um. Ihren Hans Wetzel wollte sie unbedingt mit auf dem Bild haben. Ihr Blick fiel auf den abseits stehenden, traurig dreinschauenden Oswald.

»Herr Oswald, vielleicht sind Sie so liebenswürdig?«

Er nahm den Apparat und drehte an ihm herum.

»Warum nicht? Aber Maria weiß, daß ich in technischen Dingen leicht versage.«

»Ach was! Mit dem Apparat kann doch jeder Trottel Fotos machen!«

»Wenn das so ist, dann kann nichts schiefgehen.«

Er stand vor ihnen und bemühte sich, schöne Bilder von der Gruppe zu knipsen, und er sah sehr fremd aus, so als ob er gar nicht zu den andern gehörte.

Es gab eine Stockung. Willi holte Opa Berger aus seinem Unter-

Die Geburtstagsfeier ist
ein richtiges Fest.
(Von links nach rechts:
Gisela Uhlen, Günter Lamprecht, Gottfried John,
Hanna Schygulla, Elisabeth Trissenar.)

mieterzimmer, und sie setzten den alten Mann auf einen Stuhl, wo er sofort einschlief. Es war jetzt strittig, ob man ihn wecken sollte. Ein Mann auf einem Bild, der die Augen geschlossen hält und offenen Mundes schnarcht, das ist unpassend. Andererseits war es für Opa Berger ganz normal, daß er schlief. Weshalb sollte man ihn also wecken, nur damit er auf dem Foto die Augen offenhielt? Das wäre eine Fälschung. Man wollte aber ein lebensechtes Foto haben. Also wurde beschlossen, Opa Berger schlafen zu lassen.

Jetzt wurde Oswald wieder unsicher. »Ich fürchte sehr, daß meine Künste als Fotograf nicht ausreichen. Ich kann auf dem kleinen Sucher kaum etwas erkennen. Und ruhig halten kann ich den Apparat auch nicht.«

»Macht nichts«, meinte die Mutter. »Opa Berger wackelt sowieso immer, auch wenn er schläft, das kann der beste Fotograf nicht verhindern. Mir geht's nur darum, daß wir alle drauf sind an meinem Ehrentag; scharf muß das Foto nicht werden.«

»Scharf sind wir selber!« rief Hans Wetzel.

Willi und Betti sahen sich betreten an, aber Wetzel und die Mutter lachten, und da kamen sich Willi und Betti komisch vor, denn warum sollte Herr Wetzel keinen Witz machen.

Oswald drückte auf den Auslöser.

Die Mutter sagte: »Immerhin war Opa Berger der einzige Mann, der mich in den kalten Nachkriegswintern gewärmt hat.«

Hans Wetzel schaute sie an. »Na, na...«

»Er hat mir nämlich oft Feuer im Ofen gemacht.«

Alle brachen in Lachen aus. Opa Berger zuckte zusammen, öffnete die Augen und blickte verwundert um sich. Er hielt eine Hand ans Ohr und fragte: »Wie? Was ist?«

Maria trat zu Oswald.

»Verdunklung!« krächzte Opa Berger verwirrt.

»Da konnte der Goebbels eine Rede halten, Opa Berger saß vorm Radio und schlief«, sagte die Mutter.

Hans Wetzel trat an die Musiktruhe.

»Tango!« forderte Marias Mutter.

»Der Tanz ist eröffnet!« rief Hans Wetzel.

Er umfing Marias Mutter, die beiden tanzten mit fröhlich übertreibenden Bewegungen los. Maria wollte zu dem abseits stehenden Oswald gehen, aber Betti hielt sie zurück. Inzwischen war nämlich Willi zu Oswald getreten, die beiden unterhielten sich miteinander. Die Männer paßten trotz der Jahrzehnte, die sie trennten, gut zusammen. Beide waren eher verschlossen als mitteilsam, und doch suchten sie die Bindung zu einer Frau, eine Partnerschaft, die sich nicht nur aufs Bett erstreckte. Beide waren das, was man einen »gemachten Mann« nannte, der Unternehmer und der Gewerkschaftsvertreter, und ihnen gemeinsam war eine große seelische Verletzbarkeit. Maria lächelte rüber zu Oswald und winkte Willi zu.

Betti faßte Marias ausgestreckte Hand und sagte verdrossen: »Es kommt mir ungehörig vor, wie sie sich aufführen, deine Mutter und dieser Herr Wetzel. Vielleicht ist es spießig und ungerecht von mir, so zu denken, doch ich finde es – unappetitlich.«

Maria beobachtete das übermütig tanzende und knutschende Paar eine Weile. »Es ist mir nie aufgefallen, daß meine Mutter eine – eine Frau ist. Und dann kommt einer daher, und schon ist sie eine.«

»Scheint es dir nicht auch widerlich, wie sich die beiden benehmen?« fragte Betti böse.

»Nein. Das ist nur, weil du selbst unglücklich bist, Betti. Wenn man unglücklich ist, dann wirken alle glücklichen Leute ein bißchen unanständig.«

»Da hast du recht. Ich bin unglücklich, weil bei uns nichts mehr stimmt. Und weil ich unglücklich bin, stimmt es zwischen Willi und mir erst recht nicht mehr. Wenn wir allein sind miteinander, dann ist es manchmal, als wären wir schon tot. Was sage ich, tot – das wär ja noch was. Aber er findet mich langweilig, und das ist das schlimmste.«

»Wenn es so ist, dann gibt es nur eins –«

»Was meinst du?«

»Tu was dagegen!«

»Du redest schon wie er. Ich tauge nun mal bloß zu dem, was ich bin. Mehr kann ich nicht. Mehr kann ich nicht aus mir machen. Dikker werden kann ich, das ist alles.«

Gleich wird sie zu weinen anfangen, dachte Maria. Sie spürte, wie sie wütend wurde. Sie bezwang sich aber und sagte knapp: »Dicker werden wir alle.«

»Du doch nicht. Da kannst du gar nicht mitreden. Wenn es so weitergeht mit mir, finde ich nicht mal mehr einen Liebhaber.«

»Die Liebhaber werden auch dicker.«

»Weiß dein Oswald eigentlich alles?«

Maria blickte Betti verwundert an. Keine Spur mehr von drängenden Tränen. Die drohten nur zu fließen, wenn es ums eigene Elend und um eigene Nöte ging. Jetzt ging es um die Nöte eines anderen, und schon hatte die Neugier den Schmerz besiegt.

»Weiß dein Oswald von Hermann?«

Gerade hatte sie noch das »deinem« unterdrückt. Eigentlich hatte sie fragen wollen: Weiß dein Oswald von deinem Hermann? Und gemeint war: Weiß dein Liebhaber von deinem Ehemann?

Maria spürte, was in Betti vorging, doch sie verübelte es der geplagten Freundin nicht. Die Frage war so normal und verständlich wie die zugrundeliegende Neugier.

»Nein«, sagte Maria, und als sie es gesagt hatte, hielt sie betroffen inne. Wußte Oswald wirklich nichts von Hermann? Er konnte doch gar nichts von ihm wissen. Sie hatte ihm nichts gesagt, und woher sonst sollte er etwas erfahren haben?

»Das sieht dir aber gar nicht ähnlich«, sagte Betti verwundert. »Daß du ihm was verschweigst. Und außerdem, rauskommen wird es irgendwann sowieso.«

»Ich weiß. Es ist die einzige Lüge meines Lebens. Als es anfing zwischen uns, da war es nicht wichtig, und als es wichtig wurde, da konnte ich es nicht mehr sagen.«

Sie hörte sich beim Sprechen zu und hörte die Worte, als kämen sie von einem anderen Menschen. Es war ihr so, als spräche jemand mit ihr, als sagte ihr jemand etwas. Das war sehr seltsam, und auch damit hatte Betti recht, es paßte nicht zu ihr, sie war immer ganz aus einem Guß gewesen, eine einzige ungeteilte Person mit sicheren und festen Meinungen und Ansichten. Jetzt aber schien sie sich mitten durchgeteilt zu haben.

Betti fühlte offenbar ebenso. Sie hatte jetzt ihren eigenen Kummer mit Willi vollkommen vergessen und dachte nur an Maria. »Wirklich, das sieht dir gar nicht ähnlich, Maria. Was ist, wenn du ihm jetzt einfach die Wahrheit sagst?«

Sie wies andeutend mit der Hand zu Oswald, der noch immer mit Willi sprach.

Maria blickte zu den beiden hin. »Nein. Ich glaube, er würde sich umbringen.«

Sie wartete darauf, daß Willi und Oswald aufhörten, miteinander zu reden. Als es ihr zu lange dauerte, trat sie zu den beiden Männern. Im selben Augenblick wendete sich Willi ab, und Oswald sah ihr fragend entgegen.

»Du siehst traurig aus«, sagte sie.

»Ich bin traurig.«

Sie lauschte in sich hinein, wohl in der Hoffnung, jetzt spräche auch eine zweite Stimme aus ihr heraus und sagte ihr etwas, was sie nicht wußte, aber zu wissen begehrte. Weil nichts dergleichen geschah, sagte sie: »Komm, wir tanzen. Ganz wild. Bis wir nicht mehr können.«

»Ja«, antwortete er, noch immer mit der gleichen Trauermiene. »Wir tanzen ganz wild, bis wir nicht mehr können.«

Sie tanzten, wenn auch nicht wild, so doch eng und lange, und sie begriff, daß sie etwas unternehmen mußte. Sie wußte nicht, was sie unternehmen würde, aber sie hatte verstanden, es mußte etwas geschehen; denn so, wie ihr Leben jetzt lief, lief es gefährlich schief.

Sie hob das Gesicht und blickte Oswald an, wobei sie dem Blick die Schärfe nahm, als sei sie nicht ganz wach. Sie war in diesem Moment aber vollkommen wach und ganz da, sie beobachtete ihren Liebhaber, weil sie genau wissen wollte, was in ihm vorging.

»Sag mir, was ist.«

Er tat so, als höre er sie nicht flüstern.

Sie war aufs äußerste beunruhigt. Sie begriff aber, Oswald war nicht gegen sie.

Die Stirn gegen seine Schulter gelehnt, so tanzten sie noch lange weiter, bis ihre Bewegungen an Kraft verloren. Dann bewegten sie sich nur noch andeutend und zuletzt gar nicht mehr. Sie standen mitten im Zimmer und inmitten der anderen, die ihnen schweigend zusahen, und sie standen ganz still und hielten sich umschlungen.

Die Bank öffnete um neun Uhr. Maria war die erste Kundin.

»Na, wieder eine größere Anschaffung vor?« fragte der Kassierer, als er die Banknoten das zweite Mal durchgezählt hatte.

»Ja, eine sehr große Anschaffung.«

»Und warum lassen Sie sich keinen Scheck geben? Soviel Bargeld in der Handtasche, das ist nicht ungefährlich.«

»Ich lass' mir von keinem was wegnehmen«, sagte Maria energisch. »Die Scheine brauch' ich für einen ganz besonderen Zweck.«

Der Kassierer nickte. Er war nicht einverstanden. Doch der Kunde hat immer recht.

Als Maria die vielen Tausender bei ihrem nächsten Gefängnisbesuch auf dem Tisch vor Hermann ausbreitete, starrte Hermann mit großen Augen auf das Geld. Der Wachtmeister hinter ihm, der das Gespräch zu beaufsichtigen hatte, staunte noch mehr und wußte gar nicht, wie er sich verhalten sollte. So sehr er auch grübelte, es fiel ihm keine Vorschrift ein, die das bloße Mitbringen und Vorzeigen von Banknoten verboten hätte.

»Was soll das?« brachte Hermann endlich hervor. Statt der Scheine betrachtete er jetzt Maria wie etwas Unverständliches und Fremdes. Er war, als Gefangener, auf alles gefaßt, aber die Überraschungen waren meist schmerzlicher Natur. Dieses Geld dagegen war weder böse noch gut, es war nichts als eine Überraschung, mit der er nichts anzufangen wußte. Für ihn in seiner Zelle durfte es so ein Vermögen nicht geben. Das mußte doch auch Maria klar sein. Weshalb schleppte sie die verdammten Tausender dann ins Gefängnis?

»Ich wollte, daß alles dir gehört«, erklärte Hermanns Frau. »Du sollst dich nicht abhängig fühlen. Du sollst wissen, daß du jemand bist.«

Er wehrte ihre Worte mit den Händen ab. Es war, als wollte er die Scheine auch mit den Händen von sich wegschieben. Seine Stimme klang beschwörend: »Es ist dein Geld und dein Leben, Maria.«

»Nein, es ist *dein* Geld und dein Leben. Ich habe dieses Leben für dich geführt. Ich habe dieses Geld für dich verdient. Für uns!«

Sie hätte gern nach seiner Hand gegriffen, traute sich aber nicht. Er stand so trotzig und vereinsamt da und schüttelte den Kopf.

»Nein, Maria, ich will mein eigener Herr sein und lasse mir nichts schenken, kein Leben und kein Geld.«

Sie sagte mit einer ganz kleinen Stimme: »Aber es war doch ausgemacht zwischen uns.«

Wieder schüttelte er den Kopf. »Nein. Nicht auf diese Weise. Du kannst mich nicht kaufen. Ich will nicht bezahlt werden. Ich bin sicher, du wirst mich verstehen, weil du genauso bist wie ich.«

Jetzt rannen Maria die Tränen übers Gesicht. Sie schniefte und hüstelte, um ihre Stimme klarzubekommen. Bevor sie jedoch etwas sagen konnte, stieß Hermann hervor: »Laß mich allein!«

Es bedeutete aber: *Ich* lasse dich allein – denn er gab dem aufsichtführenden Beamten ein Zeichen und ging an ihm vorbei und durch die Tür zurück in seine Zelle.

Maria, ihre Tausender zusammenpackend, sah Hermann nach, sah seinen schmalen Rücken, sah den breiteren uniformierten Rükken des Beamten, der ihm, von dieser Situation überrascht, eilends folgte.

Sie stand mit ihrem großen Geld in der Hand alleingelassen in dem Besuchszimmer. Es war da etwas, das ganz anders lief, als sie dachte, und sie bekam nicht heraus, was es war.

Der Prokurist Senkenberg trat mit einer ihm sonst ungewohnten Heftigkeit vor den Schreibtisch Oswalds und hielt ein Papier hoch. »Ich hab' Sie richtig verstanden, ich soll das so aufsetzen?«

Seine Augen hinter der Brille flackerten.

Oswald blickte ganz ruhig auf. Er schien so ruhig zu sein, wie Senkenberg unruhig war. »Ja, Sie sollen das so aufsetzen.«

»Sie meinen das doch nicht wirklich ernst, Herr Oswald?«

»Doch, Senkenberg. Oder würden Sie etwa mit diesen Dingen scherzen?«

Senkenberg begann zu lachen. Es war mehr ein Kichern, für ihn ein Anzeichen höchster Erregung. »Sie sind verrückt! Alle beide sind Sie verrückt!«

Er wollte die Worte nochmals wiederholen, aber ihm blieb die Luft weg.

Elftes Kapitel:

Ein Mann wird verloren und ein schönes Haus gekauft

Frau Ehmke war ein sehr feinfühliger Mensch. Sie war schon seit vielen Jahren in der Firma, kannte jeden und wußte über alles Bescheid. Wenn Herr Oswald den Raum betrat, in dem Maria Braun und Frau Ehmke arbeiteten, ergab sich bestimmt umgehend ein wichtiger Grund, demzufolge Frau Ehmke aufstehen und das Zimmer verlassen mußte. Maria hatte der tüchtigen Sekretärin mehrfach beizubringen versucht, daß sie sich beim Erscheinen des Chefs nicht zurückzuziehen brauche – vergeblich. Die zartfühlende Frau Ehmke empfand es als indiskret, in diesem Fall an ihrem Schreibtisch sitzen zu bleiben. Sie handelte taktvoll, sogar übertrieben taktvoll, aber man merkte ihr dabei immer an, daß sie Bescheid wußte oder sich etwas dabei dachte.

So war es auch an diesem Morgen, als Frau Ehmke den Telefonhörer an Maria weiterreichte: »Für Sie, Frau Braun. Ein Dr. Klaus.«

Frau Ehmke kannte sich gut genug aus. Sie wußte, es gab keinen Dr. Klaus unter den Geschäftspartnern oder Kunden. Ein privater Anruf also. Frau Ehmke erhob sich diskret und wollte nach draußen gehen.

Maria hielt sie zurück. »Nun bleiben Sie schon da. Sie können ruhig hören, was es zu bereden gibt.«

Widerstrebend ließ sich Frau Ehmke auf den Stuhl zurückfallen. Sie kam aber gar nicht mehr dazu, verlegen zu werden, denn Maria Braun geriet in höchste Aufregung und begann zusammenhanglose Worte zu stammeln: »Mein Gott! Wann? Am 23.? Das ist ja schon nächste Woche! So plötzlich... so schnell... ich... Sie müssen entschuldigen, aber ich muß jetzt... ich bin ganz verwirrt und durcheinander... ich muß doch einkaufen und alles... ja Sachen, Dinge, Sachen...«

Frau Ehmke begriff nicht recht, worum es ging, sie stellte aber mit Staunen und gleichzeitig mit Erleichterung fest, diese stets so ruhige Frau Braun, die nie den Überblick verlor, war nun endlich einmal ganz außer Fassung. Das wirkte beruhigend auf Frau Ehmke. Es machte ihr Maria Braun menschlich begreiflich, man rückte einander dadurch näher. Sie wollte nun doch aus dem Zimmer gehen, aber Maria war schneller, sie sprang auf, ergriff ihre Handtasche und eilte davon.

Es sah alles so anders aus, als es auf dem Verkaufstisch lag: Unterwäsche, Hemden, Krawatten. Um Oswalds Kleidung hatte Maria sich kaum gekümmert. Die Zeit aber, als ihre Mutter nach dem Krieg Männerhemden aus der Vorkriegszeit hervorkramte und dafür Zigaretten eintauschte, lag weit zurück.

Was brauchte ein Mann jetzt? Sie überlegte. Die Verkäuferin ordnete die ausgewählten Stücke.

»Ich denke, das wäre alles«, sagte Maria. »Oder gehört noch was dazu?«

Die Verkäuferin dachte nach. »Ein Schlafanzug?«

»Braucht er nicht. Dieser Mann schläft nackt.«

»So?«

»Nein. Es ist anders. Ich hab' es nicht gern, wenn er nachts was anzieht. Und warum sollte ich ihm dann einen Pyjama kaufen? Wenn er partout einen haben will, kann er sich den selber aussuchen, nicht wahr?«

»Manche Männer kaufen sich alles selber.«

»Das – kann er nicht.«

Sie hatte sagen wollen: noch nicht. Das aber war ihr Problem und ging die Verkäuferin nichts an.

Die dachte immer noch nach, was beim Einkauf der Dame für den Herrn noch fehlte.

»Taschentücher – müßte nicht ein Satz Taschentücher dazukommen?«

»Nein. Er wird nicht weinen müssen.«

»Nun ja, man muß sich doch auch die Nase putzen. Oder man kann einen Schnupfen kriegen –«

»Schnupfen kriegt er nicht. Es handelt sich um einen sehr gesunden Mann, verstehen Sie?«

»Gewiß, gnädige Frau.«

»Nun, dann machen Sie mir die Rechnung.«

»Falls Sie sich in der Größe vertan haben, können Sie alles umtauschen, mit Ausnahme der Unterwäsche.«

»48 ist schon richtig. Außerdem ist er schlanker geworden.«

»Da haben Sie Glück. Den meisten geht es umgekehrt.«

»Mein Mann ist nicht wie die andern.«

»Meiner ist ein 52er, aber gut proportioniert. Sind Sie schon lange verheiratet?«

Das geht dich einen Dreck an, dachte Maria, doch zugleich kam ihr die Frage sehr gelegen.

»Morgen den dritten Tag«, sagte sie, die Verkäuferin so ernst anblickend, als verrate sie ein großes Geheimnis.

Es dauerte nur einen Augenblick, und die Verkäuferin ging auf das Spiel zwischen zwei Frauen ein.

»Sie sollten nach den Nächten rechnen, gnädige Frau. Man hat es später dann mit dem Mitzählen viel leichter. Zahlen Sie in bar oder mit Scheck?«

Maria wankte. Ihre Hände suchten einen Halt. Sie neigte nicht zu plötzlichen Übelkeiten, diese Übelkeit aber kam urplötzlich.

Der Spaß der Verkäuferin hatte ihr schlagartig die eigene Situation klargemacht. Hermann und sie waren seit vielen Jahren verheiratet. Zusammengewesen waren sie aber nur zwei Tage und eine Nacht. Kam Hermann jetzt aus dem Gefängnis, schloß sich daran ihre zweite gemeinsame Nacht an.

Sie wollte sich nicht eingestehen, daß sie sich davor fürchtete.

»Fehlt Ihnen was?« Die Verkäuferin stand besorgt vor Maria.

»Nein. Nichts. Schon gut. Ich zahle mit Scheck.«

In Oswalds Büro schwelte der Streit noch immer weiter. Beim erstenmal hatte Senkenberg einfach die Flucht ergriffen. Jetzt, Tage später, ging es wieder um den Vertrag, der geschrieben werden sollte.

Senkenberg hatte so eine ganz eigene und höchst penetrante Art, die ihm nicht passenden Vertragsbedingungen abzulehnen. Er las die Passagen mit nörgelnder Stimme vor und machte sie dann nach Strich und Faden mit einem einzigen fragenden Zusatz madig.

»Der Vertragspartner verpflichtet sich, deutschen Boden nicht mehr zu betreten – habe ich das richtig verstanden? Er soll bis zu Ihrem Ableben, Herr Oswald, keinen deutschen Boden mehr betreten – hab' ich das richtig mitgekriegt, ja?«

Oswald bestätigte es.

»Der Vertragspartner darf bis zu Ihrem Tode keine Verbindung irgendwelcher Art zu seiner Gattin unterhalten oder aufnehmen? Habe ich auch das richtig begriffen?«

»Mann, Senkenberg! Ja, Sie haben das richtig begriffen. Und nun begreifen Sie doch um Himmels willen mal mich.«

»Sie sind verrückt. Alle beide sind Sie verrückt.«

»Nein, Senkenberg, Wir sind vollkommen normal. Alle beide. Er gewinnt etwas dabei. Und ich gewinne jetzt etwas. Ich habe vielleicht noch zwei, drei Jahre zu leben, das wissen Sie genau. Und diese Zeit *will* ich leben.«

»Versteh' ich auch das recht: Im Todesfall tritt dieser Mann als einer der beiden Haupterben ein?«

»Ja. Wobei Voraussetzung ist, daß er die Vereinbarungen einhält.«

»Das kann nur einem kranken Gehirn einfallen. Ihre Ideen, Herr Oswald, sind noch kaputter als Ihre Leber.«

»Sie vergessen eines: Ich bekomme dafür sehr viel für meine letzten Jahre. Ich bekomme ein Leben in Liebe, das Abenteuer und den Schlüssel zum Weltall.«

»Und den Wahnsinn.«

»Nein, Senkenberg. Aber vielleicht lebe ich in einem Land, das so heißt – Wahnsinn.«

Senkenberg schob seine randlose Brille hoch und trat ganz nahe an Oswald heran. Er beugte sich leicht vor und studierte das Gesicht des anderen. Dann ging er zur Tür, wo er kurz stehenblieb und sich ins Zimmer zurückwandte. Er hatte noch etwas auf dem Herzen, das mußte er loswerden. »Wissen Sie, was ich Ihnen am meisten verüble? Daß ich Ihnen bei Ihrem Wahnsinn helfen muß.«

Damit ging er, den Vertrag auszuschreiben.

Am 23. morgens richtete Maria Braun das Wohnzimmer her. Überall lagen Hermanns neue Sachen. Er sollte sich bedienen können, wenn er heute herauskam.

Sie rief im Büro an. Oswald war nirgends zu finden. Sie ließ sich Frau Ehmke geben.

»Meine liebe Frau Ehmke, hören Sie jetzt genau zu. Ich komme heute nicht zur Arbeit. Sagen Sie alles ab. Ich weiß, ein paar wichtige Sachen, aber heute ist für mich was ganz anderes allein wichtig. Wissen Sie, wo Herr Oswald ist? Nein?«

Sie legte auf.

Daß Oswald nicht auffindbar war, berührte sie seltsam. Es war höchste Zeit, mit ihm zu sprechen. Sie würde es gleich tun, nachdem sie Hermann abgeholt hatte. Das nahm sie sich fest vor. Sie stand auf, betrachtete die Wäsche, die für Hermann bereitlag, und ordnete einiges um. Dann war es an der Zeit, zum Gefängnis zu fahren.

Es würde ihre letzte Fahrt sein. Sie war froh darüber, obwohl sie sich an die Besuchsfahrten gewöhnt hatte. Neue Gewohnheiten würden sich ergeben.

Der Pförtner hinter dem breiten Schutzglasfenster erhob sich, als er die junge, elegante Frau sah.

»Guten Tag. Ich hole ihn ab. Danach werde ich nicht mehr hierherkommen. Ich hole ihn ab für immer.«

Der Pförtner hielt ihr etwas hin. »Sie kommen zu spät, Frau Braun. Ihr Mann ist schon weg. Er hat einen Brief für sie hinterlassen. Hier ist er.«

»Wie?«

»Ja. Hier ist der Brief.«

Sie begriff gar nichts.

»Mein Mann ist schon weg?«

»Vor einer guten Stunde. Mit dem Taxi.«

Sie hielt den Briefumschlag in Händen und ging zurück zum Wagen. Sie stieg ein und blieb sitzen. Denken konnte sie nichts. Sie fühlte auch nichts. Sie riß den Umschlag auf, faltete den Bogen auseinander und begann zu lesen.

Das stand in seiner Handschrift geschrieben:

»Weil ich Dich liebe, brauch' ich ein eigenes Leben. Wenn ich es habe, werde ich wiederkommen und Dich fragen, ob Du meine Frau sein willst.
Hermann«

Sie legte den Brief neben sich auf den Beifahrersitz und fuhr los. Sie war weder erregt noch erzürnt. Es war gar nichts in ihr, das sie bewegte. Der Schlag war für sie so unvermutet gekommen. Sie hatte sich auf Schwierigkeiten und Konflikte eingerichtet. Alles wäre zu ertragen gewesen. Ja, sie hatte sogar Angst gespürt, bei den unvermutet treffenden Worten der Verkäuferin im Herrenausstattungsgeschäft war ihr übel geworden. Doch bei allen Gefahren, die auf sie lauerten, war dieser eine Fall nicht vorgesehen gewesen. Daß Hermann allein weggehen könnte, hatte sie nicht befürchtet. Das hätte sie in ihrem schlimmsten Traum nicht träumen können. Es war einfach unvorstellbar für sie gewesen, und um so härter traf es sie.

Wie lange sie daheim auf dem Stuhl gesessen hatte, wußte sie nicht. Als sie wieder zu sich zurückfand, merkte sie, sie hielt ihre Handtasche umkrampft. Hermanns Brief lag vor ihr auf dem Boden. Sie stand auf, warf die schmale Krokotasche, ein Geburtstagsgeschenk von Oswald, auf die Couch und begann mit mechanischen Bewegungen die Veränderungen rückgängig zu machen, die sie für Hermann vorgenommen hatte. Es mußte jetzt alles wieder so wie vorher sein. Im Kleiderschrank hatte sie zwei Fächer für Hermann eingeräumt. Maria holte einen Koffer und hob den Stapel Herrenunterwäsche mit einem einzigen Ruck aus dem Fach in den Koffer. Sorgfältig legte sie ihre Pullover an den alten Platz. Die zwei neu gekauften Anzüge mußten auch weg. Sie hatte ihre Blusen übereinander auf die Bügel gehängt. Jetzt kam jede Bluse wieder auf einen eigenen Bügel. Da waren noch die Krawatten, fein nebeneinander auf einer Schnur an der Innenseite der Schranktür. Maria faßte alle Schlipse auf einmal und warf sie in den Koffer. Die Schnur riß in der Mitte durch. Maria packte die Enden und zerrte daran; die Reißzwecken, mit denen die Schnur befestigt gewesen war, fielen auf den Teppich. Die junge Frau nahm sich nicht die Mühe, sie aufzuheben. Sie knallte den Kofferdeckel zu und sah gleichgültig auf die eingeklemmten heraushängenden Enden der teuren Krawatten. Mit einem Tritt beförderte sie den vollgepackten Koffer unters Bett. Dann bemerkte sie, daß die Oberhemden für Hermann noch im Schrank lagen. Sie ging in die Küche, dort fand sie einen leeren Karton. Sie packte die Hemden hinein, schloß den Deckel und schleuderte den Karton zuunterst in den Kleiderschrank, wo ihre Pumps und Sandaletten ordentlich auf Schuhspannern aufgereiht standen. Der Karton mähte die Schuhparade um. Heftig warf Maria die Schranktüren zu, dann ließ sie sich auf die Couch fallen und fing endlich an zu heulen.

Am Nachmittag des 23. meinte Oswald, es sei nun an der Zeit, sich um Maria zu kümmern. Er war in großer Sorge, wie sie den Schlag hingenommen hatte. Mehrfach rief er in ihrer Wohnung an, doch sie nahm nicht ab. Von Frau Ehmke wußte er, Maria befand sich nicht im Büro. Vielleicht ist sie zu ihrer Mutter gefahren, dachte er. Natürlich, das wäre nur normal, daß eine Frau in ihrer Lage zur Mutter fährt.

»Reimann«, meldete sich Marias Mutter.

»Ist Maria bei Ihnen?« fragte Oswald.

»Nein.«

»Ich dachte –«

»Was ist mit Maria? Weshalb rufen Sie hier an? Suchen Sie Maria?«

»Nein, nein, ich dachte nur –«

»Ach so. Na, sie wird nicht weit sein. Guten Tag, Herr Oswald.«

Es wurde dunkel. Er rief immer wieder bei Maria an. Vergeblich. Dann hielt er es nicht mehr aus und fuhr zu ihrer Wohnung. Es war das zweite Mal, daß er den Wohnungsschlüssel benützte. Aber Maria war nicht daheim.

Er war schon wieder auf dem Nachhauseweg, als ihm ein verrückter Gedanke kam. Er fuhr ins Geschäft. Das Fenster von Marias Büro war erleuchtet. Er hastete die Treppen hoch und trat ein. Sie saß und bediente die Rechenmaschine.

»Maria – Gott sei Dank!«

Sie blickte gelassen auf. »Wie bitte?«

Er brachte keinen vernünftigen Satz heraus und stammelte verlegen und zugleich erleichtert herum. Im Moment wußte er nicht, was er sagen konnte, ohne sich zu verraten.

»Ich dachte –«

»Du dachtest?«

»Ich weiß nicht – ich – warum bist du hier?«

»Ich arbeite, wie du siehst.«

»So spät.«

»Warum nicht? Nachts habe ich wenigstens meine Ruhe. Ich bin gleich fertig. Dann bringen Sie mich nach Hause, bitte.«

Sie drückte noch ein paar Tasten und rechnete etwas aus, und er stand da und dachte: Vielleicht hat sie es jetzt überstanden, dann hab' ich's auch überstanden, und es ist richtig gewesen, wie ich es gemacht habe.

Sie erhob sich. »Also gehen wir.«

Als sie nebeneinander hergingen, sagte Maria: »Ich habe es mir lange überlegt. Jetzt bin ich zu einem Entschluß gekommen. Man darf nicht immer alles aufschieben.«

»Was willst du tun?«

Es überlief ihn, als sie die Frage stellte, heiß und kalt, weil er nicht wußte, was jetzt kommen würde und was sie sich überlegt, wozu sie sich entschlossen hatte.

»Ich kaufe mir ein Haus«, sagte sie, »ein Haus ganz für mich allein. Und zwar sofort. Schon morgen.«

Er wollte sagen: Na hör mal, so schnell geht ein Hauskauf nicht. Er unterließ es aber und war heilfroh darüber, daß sie sich ein Haus zu kaufen beabsichtigte. Es hätte schlimmer kommen können für ihn. Sie schien nichts zu ahnen, und sie trug den Weggang ihres Mannes wohl mit Gelassenheit.

Es wurde nichts mit dem Kauf eines Hauses an einem einzigen Tag, aber es ging trotzdem alles sehr rasch. Der frühere Besitzer hatte mit einer so schnell entschlossenen Kundin nicht gerechnet und mußte sich sputen beim Auszug aus seiner alten Villa. Er war kaum draußen, da zog Maria schon ein. Sie ließ ihre Sachen aus der Mietwohnung holen, bestellte Handwerker für Renovierungen, fuhr in die Stadt und wählte im teuersten Möbelgeschäft die schönsten Stücke aus. Als sie zurückkehrte, schrie sie den Innendekorateur an, weil er die Gardinenstangen nicht direkt unter der Decke, sondern zwanzig Zentimeter tiefer befestigt hatte.

Maria geriet beinahe außer sich. Mitten in den Streit mit dem jungen Mann platzte ihre Mutter herein. Sie blickte sich um und war ganz stolz: »Noch nie hat es jemand aus unserer Familie zu einem eigenen Haus gebracht. Du bist die erste, Kind.«

Daß die Mutter sie vor dem gescholtenen Innendekorateur Kind nannte, jagte Maria die Zornesröte ins Gesicht. Sie verschluckte gerade noch eine scharfe Erwiderung und fuhr den Gardinenmann an: »Kommen Sie morgen wieder und machen Sie genau das, was ich Ihnen gesagt habe!«

»Meine Maria«, schwärmte die Mutter, »meine tüchtige Tochter hat eine Villa!«

Plötzlich fühlte die junge Frau einen Anflug von Stolz. Schließlich hatte ihr keiner etwas geschenkt. Das große Haus hatte sie von ihrem selbst erarbeiteten Geld bezahlt. Na, schwächte sie sofort in Gedanken ab – angezahlt. Sie hatte selbstverständlich auch Hypothekengelder dazu verwendet.

»Einer muß ja mal mit sowas anfangen«, erwiderte Maria knapp.

Die Mutter hatte ihre weiche Stunde: »Wenn dein Vater noch leben würde, hätte er uns auch ein Haus gebaut.«

»Nur lebt er leider nicht mehr«, antwortete die Tochter.

»Kind – wie du das so sagst!«

»Immerhin ist es die Wahrheit, und du warst auch nicht immer so sentimental.« Diese Worte kamen von Herrn Wetzel, der hinter ihnen unbemerkt durch die offenstehende Tür ins Haus getreten war.

Die Mutter reagierte verlegen auf die plötzliche Allianz zwischen ihrem Freund und ihrer Tochter: »Ich stör' mich nicht dran, was Maria gesagt hat, sondern wie sie es gesagt hat.«

Sie wandte sich direkt an Maria: »Du bist mir so fremd geworden.«

»Hart und kalt, nicht wahr?«

Die Mutter zögerte mit der Antwort. Herr Wetzel meinte: »Na und? Das wär nichts Besonderes heute. Kalt ist Mode.«

Ein Möbelpacker schleppte eine Kiste herein. Maria trat, als sie ihn erblickte, zur Seite. Sie zeigte auf eine große Bodenvase mit vielen verdorrten Rosen. Der Möbelpacker ließ die Kiste unsanft nieder.

Maria fuhr ihn an: »Hinstellen hab' ich gesagt, nicht hinwerfen!«

»Ach«, meinte die Mutter, »das ist doch eine ziemlich stabile Kiste.«

Der Packer blickte von einer Frau zur anderen und stapfte nach draußen.

Maria sah zur Mutter hin: »Hör bloß auf damit, hier Harmonie zu verbreiten. Der Mann wird schließlich bezahlt für seine Arbeit. Da kann man verlangen, daß er sie anständig macht. Ich verrichte meine Arbeit auch anständig.«

Die Mutter setzte sich verwirrt auf die Kiste und schwieg. Es war Marias Haus, und sie hatte hier nichts zu sagen.

Von der Tür her war ein Schritt zu hören. Maria blickte auf. Der Möbelpacker stand da. »Wir wären dann fertig soweit«, erklärte er.

Maria sah ihn an, ohne ihm ins Gesicht zu blicken. »Schön.«

Der Packer rührte sich nicht.

Maria wandte sich an Wetzel: »Warum steht er denn jetzt noch rum?«

»Ich schätze, er wartet auf ein Trinkgeld.«

Maria kramte in ihrer Tasche und ging zu dem Wartenden. »Trinkgeld ist doch in Ihrem Beruf üblich. Warum sagen Sie das nicht gleich? Was einem zusteht, das verlangt man. Da – kommt das hin?«

Sie reichte ihm einen Schein.

»Gib ihm noch einen«, sagte Wetzel schnell.

Sie gab ihm einen zweiten Schein. »Ich bezahle lieber, dann brauch' ich nicht auch noch danke zu sagen.«

Sie ließ den Möbelpacker einfach stehen. Der Mann entfernte sich grußlos. Maria wollte das frostige Klima jetzt aufwärmen. Es paßte ihr plötzlich nicht mehr, daß sie einander wie Feinde behandelten. »Komm«, wandte sie sich an ihre Mutter, »hilf mir, die Sachen müssen ausgepackt werden.«

Sie öffnete eine große Schachtel mit Hemden. »Da fehlt eins. Es waren vier.«

Die Mutter, eben noch heilfroh, daß alles wieder besser lief, erstarrte.

»Das – das –«

»Sie hat mir ein Hemd gegeben.« Wetzel sagte das mit einem Ton von Schuldbewußtsein. Das war Maria nun auch wieder nicht recht. Sie verstand sich und ihre Heftigkeit nicht. »Warum sagt sie's dann nicht einfach?«

Sie blickte erst auf Wetzel und dann auf ihre Mutter. Beide wichen ihrem Blick aus.

»Er hat das Hemd noch gar nicht angehabt«, versuchte die Mutter abzuwiegeln.

Plötzlich wurde Maria klar, was ihre Mutter dachte. »Du hast gedacht, der Hermann braucht das Hemd sowieso nicht, der kommt ohnehin nicht wieder. Das hast du doch gedacht, oder?«

Wetzel versuchte der Mutter zu Hilfe zu kommen. »Ich kann wirklich gut eins gebrauchen.«

»Darum geht es doch gar nicht. Es geht darum, warum sie ihr Leben lang lügen muß. Wie soll sie da so was wie Respekt vor sich selber haben, wenn sie immer lügt?«

Die Mutter bekam diese harten glänzenden Augen, die Maria als Kind so gefürchtet hatte. Wenn Mutter so dreingeblickt hatte, war es gefährlich geworden. Nur täuschte die Mutter sich über ihre jetzige Lage. Sie war nicht mehr der machthabende Erwachsene, ebenso wie Maria nicht mehr das furchtsame Kind war.

»Ich lebe, so gut ich kann«, erklärte die Mutter feindselig. »Du lebst gar nicht.«

Maria glaubte, nicht recht gehört zu haben. Wagte ihre Mutter tatsächlich, so mit ihr zu sprechen?

»Ach«, versuchte Wetzel zu vermitteln, »sie meint wahrscheinlich, du arbeitest immer nur und lebst nicht. Sie möchte wohl, daß du sie bittest, zu dir zu ziehen. Da könnte sie doch für dich sorgen und für dich kochen.«

»Sie weiß genau, daß ich das Haus habe, um allein sein zu können.«

»Ja«, höhnte die Mutter, »ein Leben wie im Gefängnis.«

Den Ton kannte Maria. Sie höhnte zurück: »Gar kein dummer Gedanke, viel zu gut und scharf für deine Verhältnisse.«

Sie wandte sich an Wetzel: »Oder stammt das von dir?«

»Gewiß nicht. Nein.«

Er fürchtete sich offensichtlich vor Marias Zorn. Das erbitterte die Mutter. Sie blickte auf die Vase mit den verdorrten Rosen. Die waren ihr gerade recht.

»Jeden Monat schickt Hermann ihr eine rote Rose. Die sammelt sie in der Vase zum Verdorren. Sie ist eine Frau mit Rosen, mit Prokura und mit Geld. Jeden Monat eine Rose von ihrem Mann, der ausgerissen ist. Und sonst weiß sie nichts von ihm.«

Maria wollte es der Mutter heimzahlen. Sie sammelte Kraft für ihre Worte, sie wollte sie alle beide aus ihrem Hause weisen, die Mutter und deren Freund. Es war höchste Zeit, einen Schlußstrich zu ziehen. Das geht im erregten Zustand besser. Wer wütend ist, braucht keinen Mut. Maria wollte eben ansetzen, da kam ihr die Mutter ein letztes Mal zuvor: »Jeden Monat eine Rose und sonst nichts; das ist, wie wenn man jeden Monat einmal stirbt.«

Maria starrte ihre Mutter an. Es war fürchterlich still zwischen ihnen. Woher hat sie nur solche Worte? dachte Maria dann. Und es war noch lange wortlos und still im Haus, und sie hörten sich nur atmen, ein Geräusch, wie wenn einer dem andern auflauerte.

Zwölftes Kapitel:

Die Erbschaft

Am Morgen auf der Fahrt ins Büro begann Maria die Arbeit, die auf sie wartete, schon vorzusortieren. Im Büro kochte Frau Ehmke als erstes einen Kaffee, aber Maria trank ihn in kleinen Schlucken nebenbei. Die Kaffeepause, die sie anfangs eingelegt hatten, hatte Maria so nervös gemacht, daß sie bald darauf verzichtet hatte.

»Diktat, bitte«, sagte Maria, und Frau Ehmke stellte die Kaffeetasse ab und griff zum Stift.

»Im übrigen möchten wir offen unserer Verwunderung darüber Ausdruck geben, daß Sie die zwischen uns vereinbarten Qualitätskriterien entgegen den Vertragspflichten auslegen. Wir hoffen sehr, daß Sie Ihre Haltung unverzüglich nachprüfen und entsprechend unseren Abmachungen korrigieren werden. Andererseits sähen wir uns zu unserem Bedauern... und so weiter...«

Die Sekretärin vollendete, während sie schrieb, den Satz: »...sähen wir uns genötigt, die Angelegenheit unserer Rechtsabteilung zu übergeben.«

Maria erstarrte. Frau Ehmke spürte Marias Ärger und duckte sich. Obwohl sie den Blick nicht von ihrem Schreibblock hob, wußte sie genau, wie Maria jetzt aussah und in welcher Haltung sie dasaß.

»Frau Ehmke – jetzt machen Sie mich nicht verrückt! Wir haben diesen blöden Satz jetzt mindestens hundertmal geschrieben, und wenn ich ihn nicht sage, brauchen Sie ihn auch nicht zu sagen.«

»Aber das war doch immer so, ich habe doch immer...«

»Sie haben diesen blöden Satz jetzt neunundneunzigmal zu Ende gesprochen, wenn ich ihn mir ersparen wollte, und das war mindestens achtundneunzigmal zu oft, und jetzt reicht's mir. – Entschuldigen Sie, bitte.«

»Aber das macht doch nichts. Uns gehen schließlich allen mal die Nerven durch. Bei Ihnen ist das kein Wunder, bei dem, was Sie leisten. Soll ich uns einen schönen Kaffee mit Cognac machen? Sie sehen gar nicht gut aus.«

Das Telefon klingelte. Frau Ehmke wollte abheben. Sie zog die schon ausgestreckte Hand zurück. Maria saß rot vor Wut da und erklärte mit vor Erregung kratzender Stimme: »Und mischen Sie sich nicht in meine persönlichen Angelegenheiten! Wie ich aussehe, geht einzig und allein mich was an. – Nun nehmen Sie endlich den Hörer ab! Aber ich bin nicht da!«

Die Sekretärin griff zum Telefon. »Büro Braun, Ehmke. Guten Tag, Herr Oswald –«

Sie hielt die Muschel zu und flüsterte: »Frau Braun, Herr Oswald will Sie sprechen.«

Maria schüttelte den Kopf. Mußte man dieser Frau Ehmke alles zweimal erklären? »Ich hab' doch schon gesagt, ich bin nicht da.«

»Es tut mir leid, Herr Oswald«, sagte Frau Ehmke, »aber Frau Braun ist im Moment nicht da.«

»Und Mittag essen will ich auch nicht mit ihm gehen«, flüsterte Maria.

»Und Mittag essen will sie auch nicht mit Ihnen gehen... mein Gott, bitte verzeihen Sie... Hallo? Herr Oswald?«

Er hatte aufgelegt. Frau Ehmke tat dasselbe und begann zu weinen. Maria mußte lachen. All ihr Ärger und ihre Erregung waren mit einem Male verschwunden.

»Nun hören Sie schon auf zu weinen, Ehmchen, das war doch eine komische Nummer von Format. Mein Gott, war das komisch! So was hab' ich schon lange nicht mehr erlebt. Nun rufen Sie also den Herrn Oswald an und sagen Sie ihm: Maria Braun ist vom Teufel besessen, ja? Und wenn er Lust verspürt, mit dem Teufel essen zu gehen, dann soll er heute um 13 Uhr in der Bastei sein und mich treffen.«

Frau Ehmke als tüchtige Sekretärin erwies sich als wandelbar. Ihre Tränen versiegten von einem zum andern Augenblick. Wer unten ist und durchkommen will, kann sich keine großen Empfindlichkeiten leisten.

Frau Ehmke griff zum Telefon.

Ins Restaurant am Flußufer kam Oswald verspätet und mit grämlichem Gesicht. Entweder trug er Maria die Szene am Telefon nach, oder er hatte anderen Kummer.

Maria lächelte Oswald zu und ließ sich auch durch seinen Mißmut nicht davon abbringen.

Als er saß, verbesserte sich sein Gemütszustand. »Entschuldige. Ich hatte fast den Mut verloren zu atmen. Ich mußte mich jetzt erst zu der Erinnerung zwingen, daß ich gerne lebe.«

»Und du lebst gern?«

»Ich versuche es.«

Maria spürte, daß im selben Maße, wie sich Oswalds Galle entleerte, sich die ihre füllte.

»Mir ist, als ob wir einen Vertrag hätten, gerne zu leben. Wenn wir fein essen, unterhalten wir uns darüber, wie fein das Essen ist.«

»Gefällt's dir nicht?«

»Sagte ich doch: Wenn es uns gefällt, reden wir darüber, daß es uns gefällt.«

»Du bist zynisch.«

»Mag sein, ich bin zynisch.«

»Du langweilst dich mit mir.«

»Mag sein, ich langweile mich mit dir.«

»Warum bleiben wir hier sitzen?«

»Weil du eine gute Erziehung hast und ich so tu', als hätt' ich auch eine, und zudem gibt es etwas zwischen uns, für das ich keine Worte habe. Und dann – ich lebe gerne so, wie wir leben. Mir bleibt auch keine Wahl. Och – es klingt nach sehr wenig, ist aber sehr viel – weil es die Wirklichkeit ist. Was ich mir wünschen und vorstellen kann, das hab' ich nicht. Das hat niemand. Du auch nicht. Wir sind aufeinander angewiesen, wir zwei.«

»Willst du dich von mir trennen?«

»Dann wären wir ja noch unglücklicher. Und das wäre ganz dumm. Nur wer vom Unglück weiß, weiß auch, was Hoffnung ist.«

»Jetzt habe ich Hunger bekommen. Es ist so gar nicht langweilig mit dir, Maria«, sagte Oswald und winkte den Ober herbei, in der Absicht, das Beste vom Besten zu bestellen.

Am Nachmittag telefonierte Maria hinter Willi her. Er war immer unterwegs, und wenn sie ihn endlich erreicht zu haben glaubte, stellte sich heraus, daß er schon wieder bei der nächsten Stelle war. Endlich hatte sie ihn an der Strippe, es gab ein ewiges Hin und Her wegen seiner Terminnot, und dann fanden sie doch eine Lücke und verabredeten sich am Ruderteich.

Maria ließ Willi tüchtig rudern und setzte ihm dabei zu. Es ging ihr um Betti und um ihn, und sie tat alles so eilig, als bliebe ihr nur noch wenig Zeit.

Willi ließ die Ruder sinken und antwortete auf ihre Vorwürfe: »Das Schlimmste ist, sie denkt, es wäre nur deswegen, weil sie immer dicker geworden wäre.«

»Ja, das glaubt deine Frau. Sie hat es mir auch gesagt.«

»Die Wahrheit ist, daß sie immer dünner wurde. Und sie ist nicht mehr meine Frau. Wir sind geschieden. Meine Frau heißt jetzt Anneliese.«

»Sei vorsichtig, Willi. Betti ist immer noch meine Freundin. Der einzige Mensch, dem ich immer offen alles sagen kann.«

»Weil sie nie zuhört.«

»Mag sein. So wie du jemanden brauchst, der dir zuhört, brauche ich vielleicht jemanden, der mir nicht zuhört. Und ihre Boutique macht sich prima.«

Willi griff nach den Rudern, hielt aber inne. »Ihre Boutique – daß ich nicht lache! Das ist *deine* Boutique! Du hast sie ihr besorgt, und du kümmerst dich drum, daß der Laden klappt. Ohne dich und deine Energie säße Betti immer noch auf ihrem dicken Hintern.«

»Also doch dicker Hintern.«

»Das hab' ich nur so gesagt, weil's eine Floskel ist.«

»Du bist nicht losgekommen von Betti, sonst würdest du nicht so herziehen über sie. Sonst wär sie dir völlig egal. Ich kenn' dich doch. Und ich kenn' die Betti. Wir saßen in der Schule nebeneinander. Sie hat immer abgeschrieben von mir. Was ist mit Anneliese? Was ist sie? Wie ist sie?«

»Schwer zu sagen. Sie ist, wie eine Frau für einen Mann zu sein hat. Ebenbürtig. Sie kann denken, reden, sie ist eben ebenbürtig. Dafür haben die meisten Männer noch nicht das richtige Bewußtsein, weil das Bewußtsein der Menschheit immer der realen Entwicklung hinterherhinkt.«

»Ach, Willi, du wirst dich noch nach deiner dicken oder dünnen Betti zurücksehnen. Du tust es jetzt schon manchmal. Nachts. Heimlich. Im Schlaf.«

»Ach Unsinn!«

Er ruderte wild drauflos, hatte aber immer noch zuviel Atem übrig und mußte weitersprechen: »Ich verstehe überhaupt nicht, wieso ausgerechnet du, Maria, so was sagst.«

Sie dachte darüber nach. Endlich kam ihr in den Sinn, was sie zu antworten hatte. Sie sagte, und es war, als sagte sie das weniger zu Willi und mehr zu sich selbst: »Weil es bei mir gerade umgekehrt ist. Bei mir hinkt die reale Entwicklung hinter dem Bewußtsein her.«

Den Satz verstand Willi nur schwer und schon gar nicht gleich. Nicht nur, weil er sehr mit Rudern beschäftigt war. In Willis Gedächtnis überlebte der Satz, wurde älter und gewichtiger und wurde jedenfalls viel viel älter als Maria Braun.

Sie kam von der Bootsfahrt nach Hause. Vor der Haustür lag, in Papier eingewickelt, eine langstielige rote Rose. Sie hob die Blume auf und trug sie ins Haus. Im Wohnzimmer stand sie vor dem wagenradgroßen Bukett von unterschiedlich verblühten Rosen. Manche waren schon völlig verdorrt, andere hatten ihre Blätter noch voll entfaltet. Jeden Monat eine dunkelrote Crimson Glory als Gruß von Hermann. Maria machte eine heftige Bewegung zum Blumenstrauß hin. In ihr breitete sich Schmerz aus. Er begann ganz leicht, beinahe sanft und verschärfte sich. Sie mußte weinen. Sie ging ins Bad und

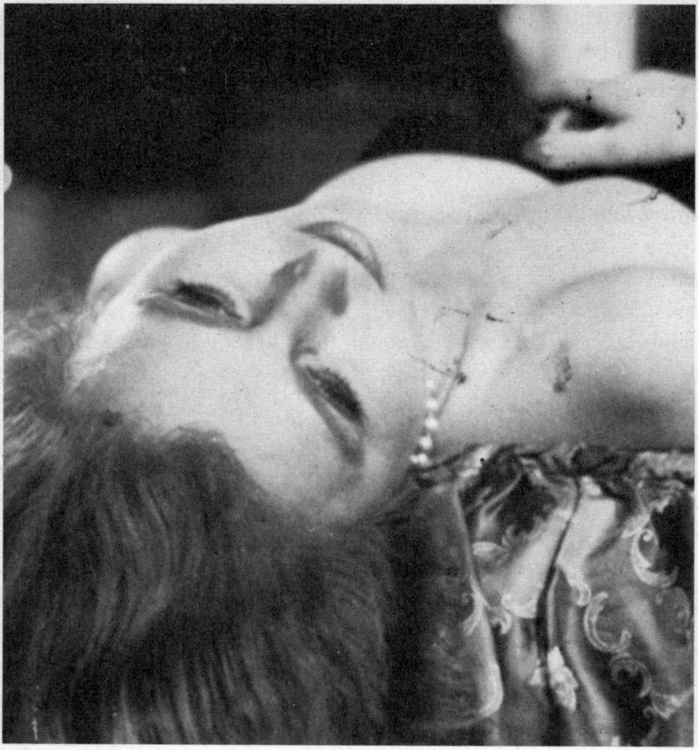

Maria ist schon ausgezogen.

betrachtete ihr weinendes Gesicht im Spiegel. Dann fiel ihr Blick auf ihre rechte Hand. Darin hielt sie noch immer die rote Rose. Was war das? Die junge Frau lief ins Wohnzimmer zurück zur Bodenvase. Hatte sie doch vorhin statt der Blume ihre schmale Krokokuverttasche in den Strauß gesteckt. Sie nahm die Tasche heraus und steckte die Rose in die Vase, dabei sagte sie zu sich: »Maria Braun, du mußt aufpassen, daß du nicht wunderlich wirst.«

Sie öffnete die Tasche und holte eine Zigarette aus der angebrochenen Packung. Sie blickte sich suchend um. Weder Feuerzeug noch Streichhölzer fand sie. Maria ging in die Küche, zündete mit dem Gasanzünder die Flamme des Herdes an und nahm sich Feuer für ihre Zigarette.

In tiefen Zügen rauchend, kam sie ins Wohnzimmer zurück. Sie nahm den Telefonhörer auf und wählte. Bevor Oswald sich melden konnte, sagte Maria: »Ich bin es. Ich brauche jemanden, der mit mir schlafen will.«

Keine Viertelstunde später war Oswald bei ihr. Er hatte sich sehr beeilt.

Maria war schon ausgezogen.

Danach sagte Oswald: »Es war sehr schön.«

Maria erwiderte: »Es war immer schön, wenn wir miteinander geschlafen haben.«

Er überlegte. »Weißt du, es war ein wenig wie damals, beim ersten Mal, in jenem Hotel.«

»Ich bin froh, daß du dich daran erinnert hast. Ich wollte es so. Ich wollte mich ganz fest daran erinnern.«

Er wurde ganz leise: »Damals hast du gesagt, du wolltest mir zuvorkommen. War das heute auch so?«

Maria strich dem Mann mit beiden Händen zärtlich über die Augen. »Es gibt dabei Dinge, die sind so und zugleich ganz anders.«

Oswald küßte die junge Frau, dann stand er auf und begann sich anzukleiden.

»Willst du nicht die Nacht über bei mir bleiben?« fragte sie.

»Ich gehe nach Hause«, erwiderte Oswald, »und ich liebe dich und bin sehr glücklich und sehr müde.«

Am Morgen kam Maria wohlgelaunt und frisch ins Büro. Der Pförtner in der Eingangshalle holte ihr den Fahrstuhl herbei. Die Lifttür öffnete sich. Maria wollte fröhlich lächelnd einsteigen und sah sich einem grämlichen Herrn Senkenberg gegenüber.

»Tag.«

»Frau Braun –«, setzte Senkenberg an und brach nach den zwei Worten schon seinen Satz ab.

»Na«, fragte Maria heiter, »Senkenbergchen, was ist denn nun schon wieder los? Weshalb diese Leichenbittermiene? Und warum starren Sie mich an wie ein Gespenst?«

»Oswald«, sagte Senkenberg und schluckte, »Herr Oswald ist heute nacht gestorben.«

Das Restaurant war leer. Zu früh am Tag. Maria setzte sich an den Tisch, wo sie so oft mit Oswald gesessen hatte. Ihr Stammplatz in der noblen Bastei. Der Ober legte ihr die Karte vor. Maria wählte langsam und mit Bedacht. Sie bestellte jede Speise, die sie mit Oswald hier zusammen gegessen hatte, und dazu die drei Sorten Wein, die er am liebsten getrunken hatte.

Es wurde eine lange Liste. Maria hörte auf zu bestellen. Sie sah im riesigen goldgerahmten Spiegel, wie die Kellner sich hinter ihr versammelten und zu ihr hinstarrten.

Maria begann zu essen, mit großen Bissen und Pausen. Von Zeit zu Zeit nippte sie am Wein. Der große schwarze Hut beschattete ihr Gesicht, das an diesem Tag von durchsichtiger Blässe war.

Maria legte das Besteck hin und sah vor sich auf das Damasttischtuch. Sie meinte Senkenbergs Stimme zu hören, der sich seiner Tränen nicht schämte und ihr immer wiederholte: »Herr Oswald ist gestorben. In der Nacht. Die Haushälterin hat ihn am Morgen gefunden. Herzversagen, stellte der Arzt fest und fügte hinzu: Ein friedlicher Tod.«

Maria erhob sich. Sie hatte Mühe aufzustehen. Der Stuhl unter ihr wollte nicht zurück. Sie schob ihn mit Gewalt ein kleines Stück hinter sich. Dann ging sie steif und marionettenhaft durch das Restaurant. Die Ober blickten auf Maria und sahen einander bedeutsam an.

Maria setzt sich an den Tisch,
wo sie so oft mit Oswald gesessen hat.

Maria näherte sich der Toilette. Es war ganz still in dem großen leeren feinen Lokal. Die Tür fiel hinter ihr mit einem dumpfen Laut ins Schloß. Sonst war alles ruhig in der Bastei, und man hörte, wie Maria sich übergab.

Hermann Braun, der aus Übersee zurückgekommen war, nickte, als seine Frau ihn fragte, ob er hungrig sei. Er war hungrig und war durstig und war scheu und vorhanden und trennte sich ungern von seinem Hut. Er hatte eingefallene Wangen und eine gefurchte Stirn, die er gern zusammen mit dem spärlichen Kopfhaar unter dem Hut verbarg. Hermann ging in Marias Haus umher, das auch sein Haus oder allein sein Haus sein sollte, und er war so fremd darin, daß er hierhin und dorthin lief und sich setzte und wieder aufsprang und schließlich auf dem Bett hocken blieb, den Hut noch immer auf dem Kopf.

Maria lief geschäftig hin und her, rannte in die Küche und rief von dort vorwurfsvoll: »Wie kannst du nur in einem solchen Augenblick ans Essen denken?«

Hermann antwortete vom Bett her: »Du hast daran gedacht. Ich war nur hungrig. Ich hätte nie davon gesprochen.«

Er stand auf und ging in die Küche, wo er eine Büchse Ölsardinen öffnete. Die Fische aus der Blechdose gabelnd, lief er wieder zurück ins Wohnzimmer und hörte von draußen Marias Stimme: »Vielleicht möchtest du baden?«

»Ja.«

»Ich lass' dir Wasser ein.«

Maria dachte: Während er in der Wanne sitzt, werde ich mich schön machen. Mein Mann soll wissen, daß er eine schöne Frau hat.

Sie lief zum Schrank und holte die neue Wäsche, die sie für ihn gekauft hatte. »Da, nach dem Bad kannst du das anziehen. Von den Oberhemden fehlt eines. Das hat der Hans –«

Hermann hockte noch immer auf dem Bett.

Maria fragte: »Du willst nicht wissen, wer Hans ist?«

Hermann sagte: »Nein.«

Maria packte ein Oberhemd aus, knüllte das Papier zusammen

Maria trägt einen spitzenbesetzten
Unterrock.

und fahndete nach den Stecknadeln. »Gibt es schöne Frauen in Kanada?«

»Ja.«

»So schön wie ich?«

»Ja.«

»Du lügst!« rief Maria.

»Natürlich!« rief Hermann zurück.

Er drehte das Radio an. Die Stimme des Sprechers klang laut: »... abgeschossen, aber sein knalliger Schuß mit dem rechten Bein prallt von einem Bewacher ab...«

Hermann schien der Fußballreportage zu lauschen, Maria rannte die Treppe hoch in das Zimmer mit ihrem Garderobenschrank.

Die ganze Zeit hatte Maria einen kurzen, spitzenbesetzten Unterrock getragen, der ihren Körper mehr betonte als verhüllte.

»Warum hast du dich angezogen?« staunte Hermann, als seine Frau wenig später die Stufen herunterkam, in einem schmalen, blauen Seidenkleid, das jede Linie der zierlichen Figur nachzeichnete.

»Ich muß Sie doch erst kennenlernen, Herr Braun. Und wenn Sie mich an jemanden erinnern, den ich sehr liebe, werde ich kein Kleid mehr brauchen.«

Er sah sie an und sagte: »Das ist verrückt. Wir haben uns noch nicht einmal geküßt.«

»Laß uns Zeit, Hermann, wir waren nur zwei Tage verheiratet.«

»Hast du Angst?«

»Ja«, antwortete Maria. Sie nahm eine Zigarette und suchte nach Feuer. Sie fand keins, und er grub nach in seinen Taschen und fand auch weder Streichhölzer noch Feuerzeug. Sie ging in die Küche und drehte das Gas am Herd auf. Ihre Hände zitterten. Der Schalter rastete nicht in der Null-Position ein, sondern blieb ein wenig davor stehen. Marias Aufmerksamkeit war ganz auf Hermann gerichtet, der im Zimmer stand und eine Flasche Bier trank. Sie kam zu ihm zurück und sagte: »Ich hab's mir überlegt. Wir machen einen Vertrag. Darin wird festgelegt, daß alles dir gehört, was ich habe.«

»Auch dein Herz?«

»Aber das hat dir doch immer gehört. Komm endlich her und zieh mich aus. Übrigens – das mit dem Vertrag hab' ich ernst gemeint.«

Hermann trat zu Maria und sagte: »Vertrag abgelehnt. Wir treffen da ein anderes Abkommen. Ich schenke dir alles, was ich habe.«

»Das willst du wirklich tun? Wo das Geld so wichtig für dich war?«

»Jetzt, da ich es hab', verliert es an Bedeutung.«

»Schön. Aber ich bin reich. Außerdem werde ich ganz sicher noch sehr viel erben.«

Hermann lächelte verzerrt und sagte leichthin: »Erben kann jeder.«

Um die Beiläufigkeit seiner Worte zu betonen, drehte er das Radio wieder lauter. Die Stimme des Reporters überschlug sich: »Der 7. Eckball im Endspiel der Fußball-Weltmeisterschaft zwischen Deutschland und Ungarn. Eckball von links – unser Fritz läuft an – Fritz Walter. Halten Sie die Daumen zu Hause, halten Sie – und wenn Sie vor Schmerz zudrücken, jetzt ist es egal, ein Eckball für Deutschland – nach innen getreten! Aber verfehlt vom Innensturm –«

»Mußt du das jetzt hören?« fragte Maria.

Hermann antwortete: »Es ist nicht unwichtig, weißt du – das Endspiel um die Weltmeisterschaft.«

Maria sagte: »Warum willst du mir alles schenken?«

»Weil ich heute dein Mann werde und dann nichts mehr brauche.«

Er legte die Arme um seine Frau und zog den Reißverschluß des blauen Seidenkleides herunter. Maria lächelte. Es läutete an der Tür. Maria zog den Reißverschluß wieder hinauf und ging öffnen. Es war Senkenberg, neben ihm eine aparte dunkelhaarige Frau.

Oswalds Prokurist stellte vor: »Madame Devould, die französische Notarin unsers Chefs. Sie arbeitet in Lyon, wo Herr Oswald sein Testament hinterlegt hat.«

Sie traten zu dritt in das Wohnzimmer, wo Marias Mann ihnen entgegenblickte.

»Hermann Braun«, sagte er.

Senkenberg sah zu ihm hin.

Hermann stellte das Radio leiser.

Madame Devould nahm aus ihrer Tasche das Testament und begann es zu verlesen:

»In der Hauptsache verfüge ich wie folgt: Das Eigentumsrecht an allem beweglichen wie unbeweglichen Vermögen der Firma... fällt zur Hälfte an Frau Maria Braun, die mir mehr Glück gegeben hat als irgendein anderer Mensch dieser Welt. Zur anderen Hälfte soll dieses Vermögen gemäß unserem in der Haftanstalt Kreuzhof am 14. Juni 1951 geschlossenen Vertrag fallen an Herrn Hermann Braun, der mir ein Freund gewesen ist, obwohl er dieselbe Frau liebte wie ich. Ich habe ihm die Möglichkeit zur Unabhängigkeit gegeben. Er hat mir die Möglichkeit zum Glück gelassen.«

Die französische Notarin verstummte.

»Sie haben von diesem Vertrag gewußt, Senkenberg?« fragte Maria.

»Herr Oswald war sehr krank. Ich habe den Vertrag für ihn aufgesetzt, genau nach seinen Anweisungen. Er hat es so gewollt.«

»Sie müssen sich nicht entschuldigen und sich nicht schämen, Senkenberg, jetzt nicht und nie.«

Maria sagte, ohne ihre Worte an eine der drei Personen im Raum zu richten: »Ich habe Kopfschmerzen.«

Sie verließ das Zimmer.

Senkenberg und Madame Devould standen in der Nähe der Tür, Hermann nahm weiter keine Notiz von ihnen, er schien wieder der Fußballreportage zu lauschen. Es war dies kein bloßer Sportbericht, man unterschied bald keine Worte mehr. Was aus dem Apparat drang, war ein einziger, anhaltender, ohrenbetäubender Massenschrei. Entscheidung im Endspiel! Deutschland war wieder wer! Des Reporters Stimme überschlug sich: »...aus ...aus ...aus ...Deutschland ist Weltmeister, schlägt Ungarn mit 3:2 Toren im Finale in Bern...«

Senkenberg und die Französin verließen die Villa. Maria kam herein und blieb vor Hermann stehen, er sah ihr in die Augen und sagte ganz ruhig: »Vergiß nicht, Maria, ich schenke dir alles, das ganze Geld. Es interessiert mich nicht.«

»Ich habe dir auch alles geschenkt. Das ganze Leben.«

Die junge Frau suchte sich zu beherrschen, aber ihre Stimme bebte, und ihre Hände zitterten. Nervös griff sie sich eine Zigarette. Nirgends Feuer. Es war idiotisch. Der Nichtraucher Senkenberg hatte sich ihr zuliebe angewöhnt, stets ein Päckchen Streichhölzer bei sich zu tragen, um ihr Feuer geben zu können. Oswald, der es haßte, wenn sie ihre Zigaretten am Gasherd anzündete, hatte ihr Woche für Woche ein Feuerzeug geschenkt, aber Maria verlor die Dinger schneller, als er sie kaufen konnte. Ich rauch' ja nur, wenn ich völlig down bin, hatte sie beiden Männern erklärt und sie jedes Mal ausgelacht, sooft sie ihr die Gefahren der Gasherd-Methode ausgemalt hatten. Sie meinte Oswalds Stimme zu hören: »Du wirst dir noch mal Wimpern und Augenbrauen versengen an der Kochflamme.«

Maria blickte zu Hermann hin, der hörte dem Rundfunkreporter zu, dessen Erregung abgeflaut war; er sprach jetzt wieder normal: »Nach diesen 30 Sekunden, die Sie den Reportern verzeihen müssen – ja, bitte, müssen, denn Sie können sich nicht vorstellen, was hier los ist – wir wollen versuchen, Ihnen das weitere Geschehen zu schildern...«

Da stand die junge Frau schon vor dem Herd und griff nach dem Gasanzünder.

Was ist das, dachte Hermann, dieser süßliche Geruch? Er sprang auf und lief zur Küchentür. Er sah seine Frau, und vor ihr schoß eine meterhohe bläulichgelbe Stichflamme hoch, die Maria mitzunehmen schien, ein ganzes Stück vom Boden hob und sie zurückfallen ließ. Maria sank in sich zusammen, lag auf dem Boden, und um sie herum waren Feuer und Rauchwolken, Möbelsplitter und Mauerbrocken.

»Nein!« schrie Hermann laut, »nein!« Die Wucht der Explosion schleuderte ihn ins Zimmer zurück, Trümmer prasselten auf ihn nieder, die Küche war ein einziges Flammenmeer.

Senkenberg und Madame Devould befanden sich noch im großen Garten der Villa, als das Unglück geschah.

»Frau Braun!« rief Senkenberg entsetzt. »Frau Braun...«

Nachbemerkung

Der Roman *Die Ehe der Maria Braun* wurde nach dem gleichnamigen Film von Rainer Werner Fassbinder geschrieben. Dieser Gang der Dinge ist unüblich und, soweit ich sehe, nur in den USA bekannt. Ich hatte denn auch schwere Bedenken. Wir sind daran gewöhnt, erst liegt ein Roman vor, geschrieben nach der Wirklichkeit oder Unwirklichkeit, und aus dem Roman verfertigen spezialisierte Film-Autoren das Drehbuch. Oder man schreibt originale Drehbücher. Oder ein Autor fertigt erst eine Drehbuchfassung, dann eine Romanfassung an. Bei uns ganz anders. Zuerst lag eine Drehbuchfassung vor von Peter Märtesheimer und Pia Fröhlich. Dazu kam eine weitere Fassung von RWF. Der Film wich dann noch einmal ab, auch von der RWF-Drehbuchfassung. Als ich, in München, einen Rohschnitt des Films sah, sank mir der Mut. Der Roman, wie ich ihn verstand, hatte sich nach den Primärerfahrungen des Autors zu richten. Dies die genormte Auffassung von Literatur. Zitternd und zaghaft versuchte ich mich an einem ersten Kapitel. Es war ein Schreiben mit gefesselten Händen. Ein gebremstes Schreiben, weil gebremstes Fabulieren. Die Vorlage, der Film, erwies sich als zu stark. Seltsamerweise schrieb ich mich in der ersten Fassung doch frei.

Die Reaktion der Drehbuchverfasser und anderer ermutigte mich allerdings nicht. Ich hatte gewisse, wie ich glaubte, unumgängliche psychologische Ergänzungen vorgenommen. Kompensationen, die der Roman braucht und die im Film durch die Bildhaftigkeit vorgegeben sind. Diese Hinzufügungen verargte man mir jedoch. Ich reagierte darauf beleidigt und wollte aufgeben. Dann sah ich den Film ein zweites Mal. Er war inzwischen fertig geworden, nicht mehr Rohschnitt. Während der Vorführung änderte sich mein Selbstverständnis. Man sollte an jeden Stoff neu und anders herangehen, dachte ich. Nimm den Film jetzt als Stoff und reportiere den Stoff. Schreibe also keinen Roman, sondern eine Roman-Reportage. Nimm diese zweite Wirklichkeit, den Film, so, als wäre er die erste Wirklichkeit, das Leben. Reportiere und beschreibe also den Film – und nichts sonst.

Unter diesen Umständen entstand das Roman-Reportage-Manuskript. Die beiden Fassungen des Drehbuchs, die Dialog-Liste und der Film selbst boten alles: Inhalt, Form, Rahmen – also Begrenzung. Ich gebe zu, meinem Naturell entsprechen diese Begrenzungen nicht. Immer wieder brach der Erzähler aus und durch. Dann wurde der Wildwuchs beschnitten und weggetan. Wie schwer es doch fällt, nichts als eine sachlich gerechtfertigte und nüchterne, insofern also objektive Reportage zu erzählen. Ich sage: zu erzählen. Denn erzählt wird dennoch. Auch gibt es Abweichungen von den Vorlagen, auch vom Film. Sie blieben allerdings minimal und resultieren allein aus den Zwängen des anderen Genres. Was der Film durch seine Bildersprache artikuliert, muß der Erzähler durch Worte oder Auslassungen oder indirekte Bedeutungen einbringen. Überdies konnte ich mich beim Roman nicht allein an die eine oder die zweite Drehbuchfassung halten. Auch nicht allein an den Film. Da wurde viel probiert und versucht und ausgewechselt. So folgt der Roman, nein, die Roman-Reportage, manchmal der ersten Drehbuchfassung, manchmal der zweiten, manchmal dem Film. Nein, er folgt meist dem Film. Aber nicht immer. Wo der Film aus seiner Bildkraft heraus verkürzt, macht es sich manchmal schlecht, einfach nachzufolgen. Da fügte ich des genaueren Verständnisses halber lieber die längere Fassung des ersten Drehbuchs ein. Ich arbeitete ja nicht mit der Kamera, diesem technischen Wunder- und Teufelswerk. Ich hatte nur die altmodische Sprachmaschine zur Hand. Und wo RWF sich gar durch Musik ausdrückte, mußte ich noch immer bei den Worten bleiben. Sogar der übliche Ausweg, die Aus-Flucht in die Wort-Malerei, in die Wort-Musik, war mir versperrt.

Als ich fertig war, hatte ich eins zurückgewonnen, das uns allzu leicht verlorengeht – die Achtung vor dem Detail. Die Detailtreue. Das, was den Reporter ausmacht. Unterdessen höre ich auch von amerikanischen Erfahrungen in dem neuen Genre, der Film-Nach-Erzählung. Anscheinend läuft alles auf die beiden Grenzwert-Möglichkeiten hinaus. Man kann einen Film episch nacherzählen, also angereichert mit eigenen Recherchen, Zutaten, Phantasien in epische Größen hinaustreiben. Wo sich das verbietet, bietet sich zugleich die andere, die gegensätzliche Lösung an, die nach-erzählende Roman-Reportage. Beide Möglichkeiten, beide Formen haben ihre Stärken und Schwächen, ihre Vorzüge und Gefahren. Der Leser freilich sollte wie das Publikum im Kino reagieren. Die Machart und die Sorgen der Macher brauchen ihn nicht zu interessieren. Davon steht hier nur ein wenig verzeichnet, weil manche wissen wollen, wie's gemacht wird.

Gerhard Zwerenz

Hanna Schygulla
in einem Film von Rainer Werner Fassbinder
"Ich will endlich leben, verdammt nochmal!"
Die Ehe der Maria Braun
... sie währte nur einen halben Tag - und eine ganze Nacht!
mit Klaus Löwitsch · Ivan Desny · Hark Bohm · Gisela Uhlen · Gottfried John
Eine Co-Produktion der Albatros Film Michael Fengler / Trio Film Duisburg mit dem WDR
United Artists